将軍家の姫

隠密奉行 柘植長門守2

藤 水名子

時代小説

二見時代小説文庫

目次

将軍家の姫——隠密奉行 柘植《つげ》長門守《ながとのかみ》 2

第一話　襲撃

※

天明《てんめい》五年春。

旗本千五百石の当主にして、作事奉行の任に就く柘植長門守正寔《つげながとのかみまさたね》は、少々暇を持て余していた。

いや、暇といっては語弊《ごへい》があろう。

彼の執務室の文机《ふづくえ》の上には、相変わらず普請《ふしん》の懸案書が山積みになっていて、

「よい加減にしてくださいませ、お奉行様」

与力の水嶋忠右衛門《みずしまちゆうえもん》からは、連日苦情を述べられている。

挙げ句の果てに忠右衛門は、

「毎日のように、責められているのはそれがしなのでございますよ」

恨みがましい泣き言を繰り返した。

「責められて当然だ」

だが、応える正寔の口調は存外冷たい。

「え？」

「大方、ろくな稼ぎもないくせに、連日飲み歩いておるのであろう。いかんぞ、忠右衛門、先年来の飢饉《ききん》で、米も味噌も、市中の物価は高騰しておる。少ない手当の中で、女房殿は懸命にやりくりしているのだ。それを、貴様一人が無駄遣《づか》いしおって……責められるのも当然であろう」

「し、しておりません、無駄遣いなど！　それがし、勤めのあとは、真っ直ぐ帰宅しておりますッ」

忠右衛門は両頬を紅潮させて否定する。

「では、女か？　貴様、その面《つら》で、よくも女房以外の女に目移りできたものよのう。相手は誰だ？　色里の女か？……まさか、同僚や部下の女房に手を出しているのではあるまいな？」

「ち、違いますッ」

忠右衛門は真っ赤になって激しく首を振る。

「そ、それがしは、妻一筋でございますッ」

「大声をだすな、やかましい」

露骨にいやな顔をして正寔は言い、

「城中にて、なにを喚《わめ》いておるのだ。貴様、気は確かか？」

更に厳しく叱責した。

あまりに厳しい正寔の言葉に、さすがに一瞬言葉を失った忠右衛門だが、すぐに気を取り直して言い募る。

「ですから、違います、お奉行様。それがしは別に、妻に責められているわけではございませぬ」

「では、なんだ？」

手元の冊子に視線を落としたままで、さも面倒臭そうに正寔は問い返す。

「苦情がきているのは、お奉行様にでございます」

「なんの苦情だ？」

「決まっているでしょう！」

すると今度は、妻の絹栄《きぬえ》よりもかん高い声で訴えかける。深情けの商売女よりもずっと、タチが悪い。

「そうか、そうか、ならば早速、検分に行かねばのう」

「では、それがしも――」

「お前はいい」

身を乗り出す忠右衛門に、正寔は冷たく即答する。

「何故でございます?」

「お前は足が遅い。連れて行くと、日が暮れる」

「これはしたり――」

すると忠右衛門は大仰《おおぎょう》な身ぶりで正寔を制止し、

「それがしはお奉行の与力でございますぞ。与力たる者、何時如何《いついか》なるときでも、お奉行様のお側《そば》におらねばなりませぬ」

腹がたつほどのしたり顔で主張する。

(こやつ、すっかり狎《な》れおって――)

正寔は内心呆《あき》れている。

つきあいも二年に及ぶとなると、こうも態度が大きくなるものか。不愉快ではあるが、この程度のことで怒気を発するのは大人げない。

（毎日顔を突き合わせているのだから、狎れるのは仕方ないとしても、舐《な》められてはならぬ）

強く己に言い聞かせながら、

「そうか、何時如何なるときも、のう……ならば、儂の盾《たて》となってもらおうか」

口辺に笑みを湛《たた》えて正寔は言った。

「え？」

忠右衛門は忽《たちま》ちきょとんとする。

「近頃、また身辺が騒がしくてな」

「さ、騒がしいとは、どういうことです？」

「実は、一昨日も、帰り道で刺客《しかく》に襲われてのう」

「し、刺客ですと！」

「驚くほどのことか。この二年、三日と空《あ》けず、襲われてきた儂じゃぞ」

「そ、それは……」

「しかし、儂も歳《とし》だ。さすがにしんどい。お前、何時如何なるときでも儂の側にいてくれるというからには、当然、儂の代わりに刺客とやり合ってくれるのだろうな」

「や、やり合うとは？」

震え声で、忠右衛門は問い返す。

(そうだ。その声にその顔だ)

正寔は内心ほくそ笑んでいる。

怯《おび》えた小動物のような顔つき。それこそが、この男には相応《ふさわ》しい。

「そ、それがしは一体なにをすれば?」

「しれたこと。何人で襲ってくるかは知らぬが、一人残らず、返り討ちにすることだ」

「………」

「できるか?」

覗き込まれて、忠右衛門は窮《きゅう》した。

できます、と請け負えないところに、忠右衛門の悲しさがある。

追い込まれた男の顔を存分に楽しんでから、

「安心せい。お前はじきにお役ご免じゃ」

「え?」

「いや、お役ご免は、儂のほうか」

「お奉行様?」

「儂が作事奉行でなくなれば、お前は最早《もはや》儂の与力ではないからのう」

「そ、それは、どういうことでございます？」

「ふはははは……」

忠右衛門の狼狽《うろた》えぶりを、正寔は陽気に笑いとばした。

だが、

「お奉行様がお役ご免とは、如何なる意味にございまする？」

忠右衛門が執拗に問い返してくると、すぐに己の失言を恥じた。

正寔にとって、作事奉行という職が、勘定奉行に任じられるまでのつなぎにすぎないということは、ときの老中・田沼意次《たぬまおきつぐ》から再三言い含められている。

だが、それはあくまで、意次と正寔のあいだの話だ。

いまはまだ、気安く人前で口にすべきことではない。

（ちと軽口をたたきすぎたわ）

それ故正寔は反省し、それきり口を噤《つぐ》んでしまった。

（狎れる、というのは恐ろしいものじゃ）

今更ながらに、正寔は痛感した。

忠右衛門の困惑顔と馴染むうちに、正寔の心にも、彼に対する隙が生じていたのだろう。

（あぶない、あぶない――）

無意識に肩を竦《すく》める。

忠右衛門に、正寔を問い詰めるだけの度胸があれば、或いはあっさり白状してしまったかもしれない。忠右衛門が小心者で本当によかった。

（それはそうと――）

正寔は、姿勢を正して文机に向かった。残り少ない作事奉行としての職務を等閑《なおざり》にするつもりはない。

忠右衛門の言うとおり、普請の懸案書は未だ山積みである。それ故いまは、一つでも多くの案件を片付けておくべきだろう。

「聞いたか」

「なんだ？」

「上様のことよ」

「上様がどうなされた？」

「近頃、お加減がすぐれぬらしいではないか」

話し声が、部屋外はおろか廊下の中ほどまでも聞こえてくる。城中はどこもかしこも静まり返っているから、ちょっと声を高めれば筒抜けだ。

(少しは声をひそめろ、馬鹿者どもが)

正寔は足を止め、内心舌打ちしながら聞いている。

話し声は、目付《めつけ》部屋から聞こえてきた。

(大名・旗本・御家人《ごけにん》たちに過失がないかを密かに探索するのが役目の目付どもが、よりによって、御城内で上様の噂話をするとは、どういうつもりか)

とは、思わない。

目付であろうが、書院番であろうが、噂話くらいはするだろう。城勤めは退屈だし、誰も彼も、暇を持て余しているのだ。無駄口を叩くのはかまわないが、

(せめて小声でヒソヒソするべきだろう)

と正寔は思った。

何処で誰が聞いているかわからないのだ。

「上様、かなりお悪いそうではないか」

「そうなのか？」

「なんでも、先年横死《おうし》した田沼山城守《やましろのかみ》の祟《たた》りらしいぞ」

「これ、滅多なことを口にするな」

一同の中にも比較的まともな者がいて、さすがに声をおとして他の者たちを制したが、

「じゃが、お城の外でも、もっぱらの評判じゃぞ」

「確かにのう。山城守亡きあとの、田沼様のご凋落《ちょうらく》ぶりを思えば、祟っても無理はなかろう」

「まったくじゃ。あれほどのご権勢を誇りながら、わからんものじゃ」

他の三人は、明らかに思慮の浅い阿呆のようだった。

目付という職は、その後、遠国《おんごく》奉行・町奉行を経て、やがて勘定奉行にまでなる者もあり、いわば出世の登竜門である。それなりに有能な人物が任じられている筈だが、物事に例外はつきものだ。

(困った連中だ)

埒《らち》もない噂話に飽きて、正寔がその場を立ち去ろうとしたとき、

「だが、おかしいではないか」

「なにがだ?」

「祟るとしたら、相手が違うぞ」

「どう違うのだ？」

「祟るなら殺した相手に崇るべきだろう。山城守を殺したのは上様ではないぞ」

「それはそうだ」

再び話がはじまって、正寔はつい耳を欹《そばだ》ててしまう。

「だが、殺した相手は既に死んでいるのだから、崇りたくても、崇れまい」

「佐野《さの》は操られただけで、黒幕は別にいる、という噂もあるぞ」

「本当か？　はじめて聞いたぞ」

「では、黒幕は誰だ？」

「それは……」

言い出した男は、口々に問われて容易《たやす》く口ごもった。調子に乗ってつい口走ってしまったが、大した情報は保有していないのだろう。

(目付なら、それくらい己で調べろ)

心の中で言い捨てて、正寔は踵《きびす》を返した。

将軍・家治《いえはる》が先年来病《やまい》がちであることは、城勤めの者はもとより、下々《しもじも》にまで伝わっている。

名君の誉れ高き八代将軍・吉宗《よしむね》の孫であり、吉宗が彼の聡明さに期待したため、その実父である家重《いえしげ》に将軍職を継がせた、と言われているのが、現将軍の家治だ。

家重は、吉宗の長男であったが、幼少時より病弱で、言語不明瞭という、君主となるには致命的な欠陥があった。それでも吉宗が、悩んだ末に、英明な次男の宗武《むねたけ》ではなく家重を嫡子としたのは、幼い孫の賢さに期待したというより、長子相続が、神君家康《いえやす》公以来の祖法であるためだろう。

子供の時分の賢さなどというのは、所詮《しょせん》小賢《こざか》しさにすぎない。優れた師に就いて学べば書物に書かれたことくらい容易に理解するし、理解すれば即ち、大人の顔色を見て、大人の歓《よろこ》びそうなことも言える。賢い子供が、そのまま賢い大人に育つとは限らない。吉宗のように現実的な人間が、そんなこともわからぬ筈がなかった。

そして家治自身は、長男の家基《いえもと》をはじめ、四人の子すべてを喪い、一橋《ひとつばし》家の家斉《いえなり》を養子に迎えている。

(心ない噂がもし本当であれば、上様があまりにもお気の毒というものだ)

暗澹《あんたん》たる思いで、正寔は下城した。

一

「殿様」

可憐な声音《こわね》が障子の外から聞こえてくる。

無論正寔の耳には、少し前から、長く引き摺る小袖の裾がサワサワと廊下を這う衣擦れも聞こえていた。聞こえていながら、敢えて無視した。

それほど、紙面を埋め尽くす文字を目で追うのに忙しかった。文字の意味する内容に引き込まれると、ついつい意識が遠のいてしまう。

「殿様？」

何度か呼びかけられても返事をせずにいると、

「お茶をお持ちいたしました」

童女のような声で言いながら、絹栄はそっと障子を開けた。

一心不乱に書見していた正寔は、それで漸《ようや》く我に返る。

「ああ、すまぬ」

書面から目を離し、正寔は絹栄を顧みた。

小娘のようなその声とは裏腹、年齢相応の妻の顔を見て内心軽く嘆息しつつ、
（茶菓子は、若狭《わかさ》の煉切《ねりきり》か）
素早く視線を走らせ、彼女が運んできた盆の上の菓子皿を確認した。
絹栄が正宦の脇へ置いた菓子皿には、季節柄、淡い紅梅の色の練り菓子がのってい
た。
越後屋《えちごや》若狭といえば、夏場限定の水羊羹《みずようかん》で有名な老舗《しにせ》の菓子屋だが、水羊羹以外の
菓子も皆、甘みの加減が絶妙で、本来辛党の正宦の口にも合う。
（いつもながら、気が利《き》くのう）
正宦は素直に感心する。
感心しつつ、置かれた茶碗に手を伸ばす。
「朝から、一体なにを熱心にご覧になっておられるのです？」
絹栄は絹栄で、正宦の脇から、彼が熱心に読みふける書見台の上の書物をそれとな
く覗き込んだ。
「昨日届いた、友直《ともちか》の著作だ」
「まあ、友直殿の？」
絹栄が大きく目を見開いたのも無理はない。何度か屋敷に訪れたことのある林《はやし》友

直という男は、絹栄の知る中では口も行儀も、最も悪い大酒飲みで、到底《とうてい》書物を著《あらわ》すような人間には見えなかった。

「そういえば、友直殿は近頃お見えになりませんね」

「国に戻って、この書を著していたのであろう」

「友直殿は、江戸のお生まれではないのですか？」

絹栄は怪訝そうに首を傾げる。大酒飲みの友直は、歯切れのいい江戸《えど》弁を話す男だ。

「ああ、生まれは江戸だが、わけあって、国は仙台《せんだい》なのだ。十八の年まで江戸で育っているし、長年諸国を遍歴しておったから、なんとも風変わりな人間に見えるだろうがな」

「それで、友直殿はどのような御本を書かれたのでございます？」

「うん」

絹栄に問われ、正寔は少しく首を捻《ひね》った。この厄介な本の内容を、どう説明したものか、しばし思案したものの、

「何《いず》れ露西亜《ろしあ》が攻めてくるそうだ」

巧い言葉が思いつかず、正寔は結局投げやりな言い方をした。

「ろしあ？　ろしあとは、おろしゃのことでございますか？　蝦夷地《えぞち》の先にあるとい

う――」

「そうだ。そのおろしゃだ」

「蝦夷地よりも遠方の地より、どうやって攻め寄せてくるのでございます？」

「船で、海を渡ってくるに決まっていよう」

「できるのですか？」

「できぬことはあるまい。いまより十四年ほど前には蝦夷地を訪れ、松前藩《まつまえ》に交易を申し込んでおる」

「まことでございますか？」

「ああ、まことじゃや。しかし、我が国の祖法では、外国船はすべて長崎《ながさき》の出島《でじま》を訪れねばならん。…もとより、幕府が露西亜との交易を認めれば、の話だがな」

「お認めにはなりませんか？」

「認めぬだろうなぁ」

嘆息がちに言い、正寔はひと口茶を飲んだ。ときをおけば、折角《せっかく》の茶が冷めてしまう。

（美味《うま》い。湯の熱さもちょうどよい）

満足して、もうひと口――。

「そんなに面白うございますか？」

「ん？」

「友直殿の書かれたその御本、殿様は昨夜からずっとお読みになっておられますね」

「ああ、面白いぞ」

茶碗を置き、菓子皿を手に取ろうとしていた正寔は小さく頷き、

「大半は大法螺《おおぼら》だがな。…実際に行ったことのある蝦夷地や長崎についての記述に嘘はない」

と一旦口を閉ざしてから、

「だが、行ったことも見たこともないはずの琉球《りゅうきゅう》や朝鮮《ちょうせん》についてはひどいものだ。

……まったく、ひどい」

正寔はすぐに続けて言った。

ひどい、と言いながら、正寔の口調はどこか楽しげだ。

「朝鮮というのは、唐《から》の国のことでございますね？」

「うん…まあ、そんなものだ」

絹栄の問いに肯《うなず》きながら、正寔は再び紙面に目を落とす。そのあたりは、説明する

のが面倒である。

（地図がまたひどい）

正寔は内心呆れている。

日本地図については、六年ほど前に長久保赤水《ながくぼせきすい》という者が作った、「改正日本輿地路程全図《かいせいにほんよちろていぜんず》」というかなり精緻《せいち》な地図が出回っており、正寔も度々《たびたび》それを目にしている。しかるに、友直の著作に付記された地図は、形もなにもかも、かなりいい加減な代物《しろもの》だった。

友直がこの著作によって世に問いたいことは、もとよりこの国と隣接する諸外国の事情であり、地図は参考までに付記されているだけだから、それでいいのかもしれないが、折角《せっかく》の意見もいい加減な地図のせいで、いかがわしいものと貶《さげす》まれるのは残念だ。

（だからあやつは駄目なのだ）

長崎で出会った頃から、彼の自説は聞き飽きるほど聞かされてきた。

「とにかく、海防だ。海防以外に、この国を護る術《すべ》はないぞ、三蔵兄《さんぞうにい》」

「国を鎖《とざ》している我が国に異国船が訪れるとすれば長崎だけだ。長崎の護りを固めておけばすむ話だろう」

「だから、それが甘いってんだよ。もし、いま、江戸に外国船が来たらどうなるよ」

「どうにもならん。外国船など、おいそれと来るものか」

「また、兄貴はそれだ。だから幕閣のお偉方は駄目なんだ。時勢というものが、ちっとも見えとらん。国を鎖した寛永《かんえい》の昔とはわけが違うぞ。外国の事情も変わっているのだ」

「どう変わっていると言うのだ？」

「それを話せば長くなるぜ。ひと晩でも足りねぇ」

「…………」

「とにかく、早急《さっきゅう》に、江戸は言うに及ばず、安房《あわ》、相模《さがみ》にいたるまで、沿岸に隈無《くまな》く砲台を築くことだ」

「…………」

友直の言うことは、わからぬでもない。

わからぬでもないが、酔うと必ずその話になるので、正直鬱陶《うっとう》しい。

（大砲を積んだ外国船が攻めてくる、とあやつは言うが、もし本気でそうしようと思うなら、何故はじめてやって来た天文《てんぶん》の昔にそうしなかったのだ。……外国だって、それほど理不尽ではないだろう）

思いつつ、正寔が冊子を閉じ、今度こそ、菓子皿の菓子へと手を伸ばそうとしたそのとき——。

がざっ、

「曲者《くせもの》じゃッ」

庭先から不意に、物音と声とが聞こえてきた。

「殿様？」

もとより微《かす》かな物音なので、絹栄の耳には聞こえていない。

「今日は庭師を呼んでいるのか？」

「いいえ、呼んではおりませぬが……」

絹栄は困惑顔に首を振る。

「では——」

（何奴が、邸内へ忍び入りおった？）

正寔は瞬時に五体を緊張させ、無言で腰をあげた。

二

「おのれッ」

草と砂利を無造作に踏む足音と六兵衛《ろくべえ》の叱声《しっせい》が、静まり返った邸内に響く。

「…………」

立ち上がった正寔は無意識に歩を運び、障子を開けた。

白昼、旗本屋敷に忍び入る曲者とは、果たしてどのような命知らずか。

単純な興味から、顔を見てやろうと思ったのだ。だが、

「どうなさいました、殿様？」

驚いたのは絹栄である。

絹栄には、侵入者や六兵衛たちの足音も、六兵衛の秘やかな叫びも無論聞こえない。

それ故、正寔の反応を不審がるばかりである。

（もしこれが夜間であれば、十中八九盗っ人であろうが……）

庭先に視線を投げるうちにも、ガサゴソと植え込みの枝葉を揺らして逃げ回る者があるとわかる。これまた、常人の目にはとまらぬほどのごく微細な揺れだが、正寔の

目は常人のものとは違う。

(白昼堂々、曲者に侵入されるとは、当家も舐められたものよのう)

正寔にはどこか他人事《ひとごと》のような気楽さがある。

「殺すでないぞ、新八郎《しんぱちろう》ッ」

六兵衛の叫びが虚空に響く。

無論、正寔の耳にしか聞こえぬ声音だ。

「生かしたまま捕らえるのじゃッ」

「はいッ」

常人の耳には聞こえぬ六兵衛と新八郎の声が、正寔にははっきりと聞き取れた。

二人が、無駄のない動きで賊を追いつめている様子も、目には見えぬが気配でわかる。

「邸内に、賊が入ったのでございますか?」

「うん」

あっさり頷く正寔を、ギョッとした顔で絹栄は見返し、恐る恐る問う。

「盗っ人でしょうか?」

「さあなぁ。…そうだとすれば、白昼盗みに入るなど、余程間抜けな盗っ人よ」

「どこから入ったのでしょう。門前には弥次郎《やじろう》も久三《きゅうぞう》も目を光らせておりますのに」

「本気で忍び込もうと思えば、どこからでも入れる」

(忍びであれば、な)

という言葉は心の中でだけ呟き、正寔は再び庭先へ視線を投げた。

昨年暮れより咲いた薄赤い山茶花《さざんか》の花が、年が明けても未だ、ポツポツと咲き残っている。植え込みの葉が揺れると、花もまた密やかに揺らいだ。

既に侵入が露見し、じわじわ追い込まれているというのに、賊は一体なにを考えているのだろう。

「まわり込め、新八郎ッ」

「承知ッ」

六兵衛と新八郎はともに囁《ささや》き交わしながら、徐々《じょじょ》に間合いを詰めてゆく。

(よりによって忍びが二人もいる屋敷に入るとは、運のない奴よ)

思った次の瞬間、だが正寔は、

「絹栄、槍をとれッ」

妻に向かって短く命じた。

自ら踵《きびす》を返して槍を取りに行くのではなく、絹栄に命じたということに、実は重大な意味がある。

「…………」

絹栄も武家の妻である。聞き返すことなく、瞬時に踵を返して部屋の中に飛び込んだ。鴨居《かもい》の上に手を伸ばし、長さ二間はある朱柄《あかえ》の槍を軽々と両手で摑むと、

「殿様ッ」

捧げるように正寔に差し出す。

意外に俊敏な身ごなしだった。

「さがっていよ、絹栄」

受け取った槍を手元で二、三度扱《しご》きつつ、緊張した声音で正寔は言った。もとより絹栄は無言で従う。

その刹那《せつな》――。

はぁ――ッ、
空を斬るような気合いとともに、一塊《いっかい》の殺気が、不意に植え込みから飛び出した。

次いで、六兵衛と新八郎の二人が、ほぼ同時にそれを追う――。

だが、おそらく二人は間に合うまい。

「やッ」

短い気合いとともに、正寔は虚空に向かって槍を繰り出した。

ずう……

確かな手応えとともに、槍の穂先はその者の肉体を貫く。

「かぁは〜ッ」

その者は、藍染《あいぞめ》の股引《ももひき》に脚絆《きゃはん》を巻き、上半身には同じ色の腹掛けを締めた植木屋の風体《ふうてい》をしていた。年の頃は三十半ば。その腹掛けのちょうど真ん中、急所を槍で貫かれながらも、男はなお得物を手放さず、そのまま正寔に向かって来た。

槍の穂先が我が身を貫くに任せ、一歩二歩と正寔に迫る。

己の命が尽きるその間際《まぎわ》まで、獲物を狙うことを決して諦めない。明らかに、忍びの心底、忍びの身ごなしであった。

（こやつ——）

やがて槍頭《やりがしら》から胴金《どうがね》まですっかり己の身のうちに呑み込ませた男は、そのまま易々と柄《え》に達する。

我が身を貫かれることなどものともせずに前進し、己の得物の間合いまで迫ろうとしていることを覚《さと》ると、正寔は恐怖した。

それ故正寔は、槍の柄を自ら手放した。

「うぐぁッ」

漸《ようや》く、男の動きが、ピタリと止んだ。

一旦地に足を着いてしまうと、最早それ以上は一歩も進めぬようだった。

それどころか、己の体を半ば貫いた槍の長い柄が邪魔になり、その場に身を横たえることもできないのだろう。

膝を突いて頽《くずお》れたきり、男はその場で固まっている。

男の得物は、匕首《あいくち》・短刀よりはかなり長く、大刀よりはやや短い——博徒《ばくと》や渡世人《とせいにん》たちがよく用いる長脇差というものであった。だが、柄《つか》の部分が些《いささ》か長く、刃の長さは一尺にも満たない。しかも両刃であるため、刺すことも斬ることも自在に適《かな》う。

(この刃が、あと四、五寸長ければ……)

或いは自分は、今頃息をしていなかったかもしれぬ、と思い、正寔はゾッとした。

最前正寔が、自ら槍を取りに戻らず、絹栄に命じたのは、もし正寔自身が槍を取りに行っていたら、一瞬早く間合いに達した刺客が、その場にいた絹栄を手にかけるかもしれぬと判断したためだ。ただ、妻を護りたい一心だった。

だが、正寔が瞬時に身を翻《ひるがえ》して逃れぬことで、刺客は明らかに狼狽《うろた》えた。それ故動きが、一瞬遅れた。

非情の掟《おきて》に生きる忍びの刺客にとって、己を犠牲にして他者を助けようとするなどということには、到底理解が及ばぬだろう。たとえそれが、自分の妻であっても、だ。

そこまで計算していたわけではないが、咄嗟《とっさ》に、己よりも絹栄の身を護ることを優先した判断が、畢竟《ひっきょう》、正寔と絹栄の命を護った。

（おかげで命拾いした）

思った次の刹那《せつな》、男の体はグラリと揺らぎ、前のめりに倒れ込む。

完全に、息絶えたのだろう。

倒れ込んだ男の背には、忍び刀が二本、先を争うように突き立っていた。言わずもがな、六兵衛と新八郎の二人が咄嗟に投げ放ったものだ。

致命傷は、正寔の繰り出した槍の刺し傷よりも、どちらかといえば、その二本の忍び刀のほうかもしれない。

「若ッ」

「殿ッ」

六兵衛と新八郎は口々に正寔を呼びつつ、走り寄る。その必死な顔つきを一瞬見やるが、すぐまた、死骸となった男の背に、正寔は視線を戻した。

「とんでもない奴が迷い込んできたな」

「若、ご無事でござるか?」

「見ればわかるだろう」

六兵衛の問いかけに、渋い顔つきで正寔は応じる。

「その者、出入りの植木屋のふりをしてお屋敷に入り込み、いままでお長屋に身を潜めていたようでございます」

「なるほど。…こやつ、この屋敷に忍びがいることを察しておったのだな。それ故夜を待たず、明るいうちに襲ってきおった」

「されど我らは、昼であろうと夜であろうと、警戒を怠りはしませぬぞ」

胸を反らして嘯《うそぶ》く六兵衛の言葉もろくに聞かず、

(とうとう、屋敷にまで忍び来るようになったか。面倒なことだ)

正寔は一層渋い顔つきで、刺客の背中を見つめていた。

残念ながら、命を狙われる覚えなら、いやというほど持ち合わせている。

だが、外出先——行き帰りの道々でつけ狙われるのは仕方ないとしても、屋敷にまで押しかけられるのはかなわない。

「六兵衛」

「はい?」

「そやつの身元を調べることができるか？」

「…………」

正寔の問いに、六兵衛は容易《たやす》く沈黙した。もしこれが複数の賊であれば、故意に一人だけ逃がしてそのあとを尾行《つ》ける、というお馴染みの手もあるが、残念ながら賊は一人だ。死なぬ程度の手傷を負わせてわざと逃がし、あとを追えばよかったのだろうが、あれほど切迫した場面で、それは到底無理な相談だった。

或いは、それもすべて承知の上で、刺客も単身忍び入ったのかもしれない。

直参旗本の屋敷に白昼押し入り、仮に主人の暗殺に成功したとしても、無事に逃げ切れるとは限らない。大方、逃げられない、と覚ったら、潔《いさぎよ》く自決するつもりだったのだろう。そこまで覚悟を決めた忍びが、容易く身元が知れるようなものを身につけているわけがない。

「矢張り、無理かな」

「い、いや、これは忍び刀でござる。…忍び刀であれば、何処の里で作られたものかを調べることは容易うござる」

倒れた男の上に屈《かが》み込んで死者の手から忍び刀を取り上げつつ、些か勢い込んで六兵衛は言った。主人の命《めい》に対して、「できない」とか「無理だ」とか言うことをなによりの恥と感じるような一徹者である。

正寔とて、六兵衛のそんな気性は充分に心得ている。

「わかるのか？」

だから殊更《ことさら》、疑うような口調で問うた。

「み、見損なってもらっては困りますぞ。若は、それがしを一体誰と思うてか」

「《霞《かすみ》》の六兵衛。霞の術を得意とする伊賀《いが》随一の使い手にして、代々柘植家に仕える上忍《じょうにん》だ」

淀みもない正寔の言葉を聞いて、六兵衛がしばし言葉を呑んだのは、こみあげる感動で忽《たちま》ち胸がいっぱいになったからにほかならない。それを承知で正寔は、六兵衛が最も歓びそうな言い方をした。

感激した六兵衛は束の間言葉を呑み込み、

「い、伊賀のことなら、それがしにわからぬことはございませぬ」

自ら噎《む》せそうになるほど勢い込んで言った。

「伊賀者とは限らぬぞ」

「え？」

「そやつが伊賀者でなかったならば、なんとする？」

「なれどこれは、伊賀者の使う忍び刀でござる」

「忍び刀など、その気になれば何処でも手に入れられる」

「甲賀《こうが》も、元は同じ里より発した同門でござる。調べられぬことはござらぬ」

巧みに誘導されているとも知らず、更に意気込んで六兵衛は応える。

「将軍家の御庭番衆は、伊賀でも甲賀でもないぞ」

「なれど、忍びには違いござらん」

強く言い張ることで、自らを鼓舞《こぶ》したのであろう。

「この六兵衛、命に代えましても、この者の身元を突き止めてまいりまする」

六兵衛は忍び刀を捧げ持ちながら、胸を反らして言ってのけた。

「頼む」

正寔は、ほんの少し顎《あご》を引くだけでよかった。その途端、

「承知」

低く応《こた》えるやいなや、六兵衛は、音もなく影もなく、その場から姿を消した。夜陰であれば不思議はないが、白昼それができるのは、余程の熟練者である。

(なにもこんなところで、見せなくてもいいのに……)

思ってしまってから、

「新八？」

正寔はもう一人の忍びに声をかけた。

「お前は行かぬのか？」

「殿をお守りするのが、それがしの役目でございます」

跪《ひざまず》いた場所からピクとも動かず新八郎は答えた。江戸に来て二年余り。既に初々《ういうい》しい少年の面差しではなく、立派な男の面構えをしている。正寔と六兵衛の関係を、充分に熟知した上での応えであった。

「そうか」

正寔は納得して深く肯《うなず》いた。

伊賀の里で生まれ育った純朴な青年も、数年江戸で暮らせばそれなりに悪擦《わるず》れする。純粋すぎる六兵衛の忠誠心も、若い新八郎の目から見れば、馬鹿馬鹿しい限りなのだろう。

だからといって、新八郎に忠誠心がないというわけではない。主人の側にいて、主人の身を護るのもまた、忍びの務めだ。冷静すぎるその判断を、正寔は寧《むし》ろ頼もしく思った。と同時に、

（長生きしてくれ、六兵衛）

とも願った、心の底から――。

（それにしても、こうまで易々と屋敷に入られるとは――）

縁先に腰をおろすと、正寔は暗い面持ちで考え込んだ。

「だからあれほど、おとなしくしておれ、と言ったであろうが」

老中・田沼意次の苦《にが》い顔つきと言葉が脳裡を過《よぎ》る。

昨年息子を喪ってから、殆《ほとん》どまともに登城していないため、世間では、最早《もはや》田沼は終わったもの、と噂されている。将軍・家治の体調不良よりは、はるかに下世話《げせわ》で庶民の興味をひく話題だ。

正寔自身は必ずしもそう思っているわけではないが、鬱《ふさ》ぎ込んで暗い顔をしているであろう男と顔を合わせるのがいやで、屋敷を訪ねる気にはなれなかった。

訪ねれば即ち、

「余計なことに首を突っ込んでいると、出世する前に命を落とすぞ、長州《ちょうしゅう》」

益体《やくたい》もない説教をくらうだけのことだ。

（それでも、為すべきことを為さねば、なんのために生きているのかわからなくなりますよ、ご老中）

心の中で、正寔は苦笑する。

正寔のそんな思いをわかってくれる者があるとすれば、思いつく人物はただ一人だった。だが、その人物のことは、いまはあまり考えたくない。

「殿様、あの者の骸《むくろ》、どういたしましょう?」

「ああ」

絹栄の問いで、正寔は漸《ようや》く我に返った。

「邸内に押し入った賊を成敗しただけのことだ。賊の骸など、何処にほかしても問題ない」

答えつつ、だが正寔は、骸と雖《いえど》も、なにかに利用できぬものかと思案している。

(いっそ、門前に曝すか?)

とも思うが、こういう死に方をした賊に、危険を冒してその骸を回収に来てくれる仲間がいるとは考えにくい。

(どうせ引き取り手のない骸では、利用できぬか……)

思案するうち、正寔はふと、あることに思い当たった。

(如何に忍びとはいえ、賊は、何故誰にも見咎められることなく、俺の居室のすぐそばまで易々と到ったのだ?)

六兵衛と新八郎という腕利きの忍びが、たまたま邸内に――正寔の居室の近くに詰めていなければ、この襲撃は、或いは成功していたかもしれない。賊は、それほどの強敵だった。

（はじめて忍び入った屋敷で、こうも易々と行動できるとすれば……）

考えられることは、唯一つであった。

三

「檜《ひのき》は千年とやら聞くが、本当にそれほど長く保《も》つものかのう」

「もちますとも！」

銜《くわ》えた煙管《きせる》をポン、と煙草盆《たばこぼん》の縁《ふち》で叩きざま、吉五郎《きちごろう》は答えた。

歳は四十五。正寔より五つも若いが、やや老けて見えるのは、力士と見紛《みまご》う立派な体型のせいだろう。

「木材には、建築に使える時期ってもんがあるんで、千年はさすがに言い過ぎですがね」

その肥《ふと》り肉《じし》の両頰が紅潮し、呼吸も少しく荒れている。興奮しているのだ。建築物や木材の話となると、忽《たちま》ちそうなる。

「欅《けやき》や桜も頑丈ですが、檜にはかないませんや。その証拠に、古いお寺や神社は、みんな檜でできてますぜ」

「なるほどのう」

わざと眠そうな顔をして正寔は応じた。それが吉五郎を一層興奮させると承知の上で。

「柘植様のお屋敷は今年で築三十年ほどになりますが、まるで新築も同然でしょう」

「そうかのう？　それなりにあちこち綻《ほころ》びておるぞ。そろそろ、大規模な修繕を頼まねばならぬと思うておるが」

「どんなお屋敷だって、そうですよ」

力をこめて、吉五郎は主張する。

「いいですか、お殿様、火事や大きな地震さえなけりゃあ、あのお屋敷は、この先百年だって保ちますぜ」

大工の棟梁《とうりよう》らしい、実に力強い言葉であった。

（真っ正直な男だな）

吉五郎のその反応を、正寔は内心小気味よく思っている。

「いくらなんでも、それは言い過ぎだろう」

「いいえ、これがあっしの仕事でしたら請け合いかねますが、なにしろ、名人と言われた、先代の仕事ですからね」

「そんなにすごかったのか、先代の吉五郎は？」

「そりゃあもう、左甚五郎《ひだりじんごろう》か、花川戸《はなかわど》の吉五郎かってなもんですよ」

「ほぉう」

嘆声を発しつつも、

（左甚五郎は木彫りの職人だぞ）

正寔は内心呆れ、声には出さず心の中で言い返す。

吉五郎の女房が淹《い》れてくれた、やや熱すぎる茶をひと口ふた口啜《すす》ってから、しばしの間《ま》をおき、

「ところで吉五郎、その、百年壊れぬ当家の絵図面は、いまもこちらにあるのかな」

世間話でもするように暢気《のんき》な口調で切り出した。

「ええ。先代のひいた絵図面は、あっしにとっちゃ大事な手本ですからね。大切にしまってありますよ」

「手本ということは、いまでもときどき見たりするのか？」

「後継ぎに決まった十年前には、ほぼ毎日、見せてもらいましたねぇ。…てめえにそんな図面がひけるのか、そりゃもう、怖くて怖くて……」

「いまは？」

「え？」

「いまは自信がついたか？」

「ええ、まあ、なんとか……」

「ならば、もう、先代の絵図面を頼ることもないであろう。今度は、お前のひいた絵図面が手本となるというわけだ」

「へへ……」

正寔の言葉に、吉五郎は少しく笑顔をみせた。明らかに、照れ笑いであった。

「ならば、よい」

「え？」

「先代の後を継いだ当初は毎日見ていたが、いまはもう、見ていないのだろう？」

「ええ、まあ……」

「お前が見ないのであれば、三十年も前の古い絵図面など、もう誰の目に触れることもないであろう。それを聞いて、安心した」

「あ、あの、お殿様、それはいってぇ、どういうことで？」

「近頃の盗賊は、狙った家の絵図面を盗み、屋敷の様子を充分に調べあげてから押し入るというではないか」

「絵図面は大切にしまってあります。盗まれることなんぞ、絶対にありません」

「それを聞いて安心した。…なにより、最早人目にふれることもないのであれば、問題あるまい。よかった、よかった」

「あ、あのう、お殿様？」

正寔の安堵の言葉を聞いてから、吉五郎は怖《お》ず怖ずと問い返す。

「なんだ？」

「その…実は、近頃あっしの後継者に、と思って、目をかけてる奴がいるんですが」

「娘の婿《むこ》か？」

「ええ、祝言はまだなんですがね。……そいつが、親方の昔の仕事を見てえと言うもんですから……」

「親方というのは、お前のことだな、吉五郎？」

「へ…へえ」

「ならば、お前が棟梁を継《つ》いでからひいた絵図面を見せてやったのであろう？」

吉五郎の顔色は、最早助け船を出しても遅すぎるほどに青ざめていた。

「そ、それが……」

「どうした？」

「長助《ちょうすけ》に見せた絵図面の中に、もしかしたら、先代がひいた、殿様のお屋敷の絵図面も入っていたかもしれません」

苦しげな顔つきで答える吉五郎を、もとより正寔に責める気はない。責めずに、己の得たい情報だけを引き出したいからこそ、あれこれ苦心しているのである。

「長助とは、その娘婿か？」

「え、ええ」

「娘婿ならいわば身内、問題あるまい」

「そう言っていただけると……」

「そうか、そうか……あのお咲《さき》が、もう婿をとる年頃になったか。まこと、ときの過ぎるのは、早いものよのう」

それ故正寔は、大仰に目を剝《む》き、笑顔を見せ、殊更に声を高めて言った。

親の代からつきあっている、この善良な大工の棟梁に罪悪感を抱かせないための精一杯の芝居である。

「めでたいことじゃ、吉五郎」

「もったいのうございます、殿様」

「で、長助というのはどんな男だ？」

「ええ、まだうちに来て三月《みつき》ほどなんですが、器用で、なんでものみこみが早ぇし、その……」

「お咲が惚れてしまったのだな？」

「お、お恥ずかしい話ですが」

吉五郎は忽ち真っ赤になる。

「さてはそやつ、余程の色男なのであろう」

「いや、お恥ずかしい……」

正寔に指摘され、吉五郎は本気で困惑した。

「で、その長助とやらいう果報者は、いまごろ、どこでどうしておる？」

「どうもこうも、今日は休みで、長屋で寝てますよ」

「そうか、あのお咲がのう……」

上機嫌を装って口走りながら、正寔は注意深く言葉を切った。

「どこだ？」

「え？」

「長助の住まう長屋だ」

「観音さまのすぐ裏ですが、それがなにか？」

「いや、別に。…あのお咲が惚れたというから、はて、どんな色男なのかと思ってな」

「それが、言っちゃなんですが、役者にしたいような色男なんですよ」

「ほぉう、そんな色男が大工に？」

「ええ。あっしもそれが不思議でなんねえんですがね」

正寔の言う言葉の意味が吉五郎にもわかるのだろう。頻《しき》りに首を傾げている。

（暢気な男だな。大事な愛娘《まなむすめ》の婿殿のことだろうに）

「でもまあ、本人がなりたいってんだから、いいんじゃねえんですかい」

正寔の心配をよそに、吉五郎はあっさり笑いとばした。父親が笑いとばしている以上、正寔がそれ以上案ずる必要はないだろう。

（ともあれ、その長助とやらのところへ行ってみるか）

と腰をあげかけたとき、

「それに、長助の野郎は、色男のくせして、とんでもねえ堅物《かたぶつ》でしてね」

吉五郎がしみじみとした口調で言い出した。

「そうなのか？」

既に立ち去ろうとしていた正寔は仕方なく問い返す。

「そうなんですよ。折角観音さまのお膝元に住んでるってのに、吉原《なか》に行ってみてぇとも言わねえんですぜ。こっそり行くほどの銭はねえでしょうし——」

「そりゃあ、言わぬだろう」

正寔は甚《はなは》だ呆れ返る。

「棟梁であり将来の舅《しゅうと》でもあるお前に向かって、吉原に行きたい、などと言えるわけがないではないか」

「けど、他の野郎どもはしょっちゅう言ってますぜ。親方ぁ、たまには傾城《けいせい》んとこへ連れてってくださいよぉ、ってね。棟上げのご祝儀なんかいただいた日にゃあ、もう、連れてけ連れてけって、やかましくてかなわねぇ」

「他の野郎どもというのは？」

「決まってるでしょう。うちの奴らですよ。……もう、あいつら、女房がいても見境なしでしてね。…いや、お恥ずかしい話ですが」

「それで、連れて行くのか、吉原に？」

「ええ、まあ、たいした見世《みせ》にはあがれませんがね。……いい気晴らしにはなりますし、奴らも歓んで働いてくれますしね。かかあにばれたら大変ですが」

「そ、そうか」

正寔はすっかり毒気を抜かれてしまった。

長崎奉行時代はもちろん、現在の作事奉行の職にあっても、正寔は、与力の忠右衛門以下、配下の同心たちを遊里に連れて行ったことなど、一度もない。せいぜい、屋敷に招いて酒肴《しゆこう》を振る舞うくらいだ。

だが、世の親方連中というのは、部下を遊里でもてなすこともあるという。

(それで部下が快く働いてくれるというなら、一度くらい連れて行くべきなのかのう)

正寔は本気で考え込んだ。

四

「長屋の場所を、殿は何故、吉五郎に尋ねなかったのでございます?」

新八郎が不満げに問うたのも無理はない。

ひと口に観音さまの裏、と言っても、浅草寺《せんそうじ》の周辺には、相当数の長屋があった。元々、庶民の住まう町なのだ。

「聞けるわけがなかろう」

だが正寔は一蹴《いっしゅう》した。

長屋の差配役に、

「こちらの長屋に、大工の長助という者はおりますでしょうか？」

と、いちいち訊いてまわる新八郎の手間は気の毒に思うが、仕方ない。

「ですから、何故でございます？」

「考えてもみよ。俺のような者が、その者に聞きたいことがあるから、住まいを教えろ、などと言えば、いくら暢気な吉五郎でも、奇異に思うだろう。相手は、娘の婿になる男なのだぞ」

俺のような者、というのは、つまり、俺のような直参旗本家の当主が、という意味だ。吉五郎は、先代の頃から柘植家に出入りする大工の棟梁である。正寔の石高や身分もよく心得ている。

「ですが、殿、その者が、お屋敷の絵図面を見て、昨日の賊に教えたのかもしれぬのでしょう」

「すべては俺の想像だ。見当外れということもある」

それ故正寔は、世間話にかこつけて、吉五郎からあれこれ聞き出したのだ。屋敷に侵入した刺客と長助とのあいだには、或いはなんの関係もないのかもしれない。それ故、大事《おおごと》にはしたくなかった。

「しかし……」

これでは埒《らち》があきませぬ、日が暮れてしまいますよ、という言葉を、新八郎は辛《かろ》うじて呑み込んだ。

如何《いか》にも正寔らしい気の使い方に感心もし、もっともだとも思ったからだ。

「長助さんなら、奥から二軒目の部屋ですよ」

幸い、長屋めぐりをはじめて三軒目で、正寔主従は目的地に行き当たった。

「いや、その長助なる者に、先日通りで財布を拾うてもらってな。今日はその礼をしにまいったのじゃ」

着流しに編み笠姿の正寔を見て不審を抱かれるより一瞬早く、先回りをして正寔は言い、チラッと笠をあげて顔を見せた。

「左様でございますか」

差配役の老爺《ろうや》はそれで納得した。

よからぬ企みをもって人に近づく悪党なら、折角隠した顔をわざわざ曝《さら》したりはしないものだ。

「長助は在宅か？」

「ええ。今日はまだ一歩も外へ出て来ておりませんから、大方まだ寝ているのでございましょう」

「そうか。大工の仕事は過酷なものだ。たまの休み、疲れきって寝ているのであろうな。……起こしては気の毒故、出直してまいるか」

「いえいえ、お侍様に何度もご足労をおかけするのは申し訳ございませぬ。手前が起こしてまいりましょう」

辞を低くして老爺は言い、軽い足どりで溝板《どぶいた》を踏んで行った。狭い裏店《うらだな》だ。老人であっても、ほんの数歩でその部屋の前に立つ。

「長助さん、長助さん」

正寔の手前、少しく気取った口調で名を呼んでから、

「いい若い者がいつまでも寝腐《ねぐさ》れてるもんじゃないよ。いい加減、起きなさい。お客様ですよ」

中からこそとも返事がないため、腰高障子の桟《さん》を叩く。

それでもなお、返事はなく、老爺も奇妙に感じたのだろう。

「長助さんッ、いないのかい？」

大声で問いつつ、障子に手をかけた。

意外にも、障子はカラリと簡単に開いた。余程の粗忽者《そこつもの》でない限り、寝る前に、閂《かんぬき》や心張り棒くらいはするものだ。どうせ盗まれるものなど何もない貧乏裏店とはいえ、開けっ放しとは不用心すぎる。

それ故簡単に障子が開いたことを、誰よりも、開けた老爺その人が、最も意外に思った。

「おや、留守なのかい、長助さん？……ややッ、これは一体どういうことだ!!」

戸惑いの言葉が、途中で驚愕の声音に変わったのは、老爺の視線の先に、あまりに意想外な光景が待ち受けていたからに相違ない。

「どうした？」

正寔は足早に近づき、老爺の背後から覗き込む。

陽当たりの悪い薄暗い部屋だが、老爺が驚いた理由はすぐに知れた。

部屋の中には、何一つ、人がそこに住まうための家具や調度――行灯《あんどん》や夜具や火鉢にいたるまで、生活用品というものが何一つ見当たらなかった。

「ものの見事になにもないのう。独《ひと》り者の部屋とはこういうものか？」

「と、とんでもありません。昨日までは確かに……こんな…こんな……」

わざとゆるく発せられた正寔の言葉にも、老爺はろくに応えられなかった。

「こんな、こんな……これは一体……」

応えられなかったのも無理はない。

昨日まで、この部屋には行灯もあれば夜具もあり、飯櫃《めしびつ》や蝿帳《はいちょう》、竈《かまど》の上には鉄鍋もかかっていて、曲がりなりにも人が暮らすためにギリギリ必要な品は揃っていた。差配人である老爺は何度もその目で見てきている。

それが、いまは全く、なにもない。

蛻《もぬけ》の殻《から》だった。

「夜逃げでもいたしたかのう？」

「………」

聞くなり老爺はその場にガクリと膝をついた。

助け船を出すための正寔の言葉が、老爺に決定的な衝撃を与えたようだ。店賃《たなちん》の取り立ては言うに及ばず、店子の留守中に届く荷を預かったり、来客の伝言を聞いたりと、差配人の仕事はいろいろある。

その最も重要な役目の一つが、店賃を踏み倒して逃げる者がないよう、厳しく見張ることだ。

老爺は、その重要な仕事をしくじり、店子の夜逃げを許してしまった。

雇い主であるこの裏店の大家からなんと叱責されるか、想像するだに恐ろしいのだろう。地べたに膝をついてへたり込んだまま、小さく震えていた。

（気の毒に……）

思うものの、正寔には如何《いかん》ともし難《がた》い。

店賃くらい、出してやってもよいが、相手は、正寔の命を狙った張本人か、或いはその一味の手先である。己の命を狙う者の店賃を払ってやるのは、さすがに人の好《よ》すぎる気がして、辛うじて踏みとどまった。

五

長助という大工見習いの若者についてわかったのは、元々房州《ぼうしゅう》のほうの百姓の末息子で、田舎《いなか》にいても埒があかぬため江戸に出て来て吉五郎に弟子入りしたこと、親方の娘に惚れられて婿入りが決まっていたこと、長屋でもその界隈でも、真面目で働き者ということで評判がよく、誰も彼を悪く言う者はない、ということくらいだった。

(夜逃げした長助が、昨日我が家に侵入した刺客と同一人物かどうかを確かめるには、吉五郎に賊の死骸を見せるしかないが……)

それだけは絶対にしたくない。

娘の婿にと思っていた男が突然姿を消したと知れば、親娘ともども、どれほど傷つくことになるか、想像に難《かた》くない。その上、更に追い討ちをかけるのはしのびなかった。

第一、賊は既に討ち取られ、正寔は無事なのである。

(当家の絵図面を盗むためだけに吉五郎に弟子入りしたとすれば、随分と手間暇をかけるものよのう)

浅草廣小路《あさくさひろこうじ》の喧騒の中を、ぼんやり帰途につきながら、正寔は考えた。

そこまで手間暇をかけて柘植家の絵図面を盗み見たのだから、計画はもっと万全を期するべきではなかったか。

少なくとも、たった一人で忍び込ませるなど、あまりに無謀である。どれほど腕のたつ忍びであっても、一人では心許《こころもと》ない。目指す相手を確実に斃《たお》したいなら、二人以上で襲うべきなのだ。一人が正面から襲い、別の一人が背後から襲うのは暗殺の常道だ。どんな使い手であれ、一人の敵を相手にしながら、背後の敵から身を護ること は難しい。

（では、はじめから、本気で殺すつもりはなかったということか？）

正寔は無意識に首を傾げる。

本気で殺すつもりがないとすれば、考えられるのは、警告である。いつでも殺せるぞ、という脅《おど》しである。

だが、なまじな警告は、逆効果となることもある。即ち、警戒され、屋敷の警備を厳しくされてしまえば、二度とは容易に侵入できなくなる。

（折角手間暇をかけておいて、ただの脅しですませるなどあり得ようか？）

なお首を傾げつつ、正寔がふと足を止めたのは、すぐ近くで怒声が響いたためだ。

廣小路の通りは、いつもながら大勢の人々でごった返している。やれ肩がぶつかっただの、足を踏まれただのと喚《わめ》く破落戸《ごろつき》も少なくはない。

「殿——」

だが、そのとき新八郎が素早く正寔の側に寄り、背後に庇《かば》う様子を見せたのは、主人に危険が迫っているからに相違なかった。

「なんだとう、このさんぴんがッ」

怒鳴っているのは、擦り切れそうな藍弁慶《あいべんけい》の着物を身につけた渡世人風の中年男である。髭面《ひげづら》の強面《こわもて》だが、満足に飯を食っていないのか、野良犬のように痩せている。

さんぴんが、と言うとおり、その男が因縁を付けているのは、二本差しの侍だった。年の頃は四十がらみ。着流しの浪人風体《ふうてい》だが、これといって目立った特徴のない、地味な顔だちの男である。

だが、新八郎が警戒しているのは、痩せた渡世人のほうではなく、その浪人者のほうだということが、新八郎の身ごなし、視線のやり方で、正寔にも容易く知れる。

(なんだ?)

「黙って財布を返せ、巾着切り《きんちゃっき》」

静かな声音で、浪人が言った。

「いまおとなしく返せば、すべて不問に付してやろう。こちらも先を急いでおる。番屋につき出したりはせぬ」

「な、なにを言いやがるッ」

痩せた渡世人は、やたらと声を張りあげた。それが虚勢であることは、その場に居合わせた誰の目にも明らかだった。

「ひとを巾着切りあつかいしやがって、た…ただですむと思うなよッ」

「…………」

渡世人が懐《ふところ》から匕首《あいくち》をチラつかせて凄んでも、浪人は一向に顔色を変えなかった。

「わからぬ奴だな。その懐から、儂の財布が覗いているのだぞ」

さも面倒臭そうに浪人が言い、さすがに渡世人は顔色を変えた。だらしなく寛《くつろ》げた自らの懐に視線を落とすと、そこに、青い縞《しま》の財布が覗いている。

「こ、これはおいらの財布だ。言いがかりも大概にしやがれッ」

だが渡世人はあくまで言い逃れるつもりらしい。はじめから、相手が気弱そうな浪人だと侮《あなど》って、懐を狙ったのだ。掏摸《すり》を見破られてもなお、なんとか逃げ遂《おお》せるつもりでいるのが、傍目《はため》にも痛い。

「愚か者め。ここまで衆人の耳目《じもく》を集めてしまった以上、このままではすませぬぞ」

浪人の舌打ちが、二十歩離れた正寔の耳にもはっきり聞こえた。いや、聞こえた気がした。

「…………」

大刀の柄《つか》に、浪人の手がかかるか、かからぬか、という一瞬のことだ。

衆人の目には、おそらくなにも見えてはいまい。

さざッ、

微かな斬音とともに、次の瞬間、渡世人の懐が大きく割れた。着古されて弱った着物の胸のあたりが真一文字に切れて、紺縞の財布が、ハラリとそこからこぼれ落ちる。

渡世人が狼狽《うろた》えるのを待たず、浪人は素早くそれを拾い上げた。

「言いがかりをつけて、財布を奪い取ったと思われては不本意じゃ。財布の中身が如何ほどで、なにが入っているか、ここで確かめるか？　但し、ここまでの騒ぎになった以上、最早儂も我慢ならぬ。貴様を番屋へつき出すぞ」

「………」

渡世人は一言も言い返せなかった。項垂《うなだ》れ、じわじわと後退《あとじさ》りしはじめ、そのまま逃げ出すものと、誰もが思った。だが。

「畜生ッ」

不意に匕首を構え直した渡世人が、その切《き》っ尖《さき》を浪人に向けつつ、素早く身を躍《おど》らせた。

周囲に集《つど》っていた野次馬たちは皆、息を呑んだ。誰もが、次の瞬間、浪人の胸に凶刃が突き刺さることを予見したろう。

だが——。

「うわぁッ」

高く躍り上がるかに見えた渡世人の体は、その場でつんのめり、翻筋斗《もんどり》うって転がった。素早く背後へ忍び寄った正寔が、渡世人の膝裏を強く蹴ったのだ。もし彼がそうしなければ、畢竟《ひっきょう》渡世人は、浪人者の刀で一刀両断されていただろう。

そのとき、正寔の目には見えていた。

大刀の柄頭をほんの少し撫でただけに見えた浪人の手が、実はしっかり柄を掴み、抜刀し、一旋させて鞘に納めるまでのあいだに、渡世人の着物を見事に切り裂いたのが——。

居合いであった。

それも、文字どおり抜く手も見せず、の神業《かみわざ》だ。

「掏摸を見破られて刃物を振りまわすとは、とんでもねえ居直り強盗だ。こいつは番屋へつき出すしかねえだろう」

正寔の言葉に、呆気にとられていた野次馬たちも忽ち我に返る。

「そ、そうだ。こいつぁ、とんでもねえ、悪党だッ」

「誰か、番太を呼んでこい！」

「いや、こういうときはお役人だ。定廻《じょうまわ》りの旦那を呼んでくるんだッ」

野次馬たちがざわつきだし、口々に騒ぎはじめたときには、だがその浪人者の姿は消えていた。

（やはりな）

正寔は少しく安堵した。

もし渡世人がその手の得物《えもの》を浪人者に向けていたら、彼の刃を躱《かわ》し、避けようとする浪人の太刀が、おそらく正寔を襲っていた。

新八郎の忍びの勘は、それを察したのだ。新八郎の反応を見て、正寔もまた瞬時にそれを察した。

相手に悟られてしまった時点で、謀《はかりごと》は終わる。正寔が渡世人の足をすくって転ばせた瞬間、浪人者もまた、それを察し得たのだろう。見事に、消えた。

しかし、この程度の暗殺者ならば、正寔にとっては別段珍しくもない。

珍しかったのは、危機が去ってからの新八郎の反応である。

「殿――」

危機――居合いの浪人が立ち去ったことを知り、自らも歩を踏み出そうとする正寔の耳許に、だが新八郎は再び低く囁いた。

「なんだ？　刺客は去ったぞ」

「いえ、刺客ではございませぬ」

問い返されて、新八郎は明らかに狼狽していた。その身のうちから、肌に刃を当てられるような緊張感は消えている。声音から察せられるのは、ただ困惑の気色だけだ。

「どうした、新八？」

「あの御仁が……」

消え入るような声音を最後に、新八郎の気配が正寔の側から遠のいた。

代わって、ゾッとするほどいやな気配が、すぐ背後に迫っている。

（おのれ、新八ッ）

正寔はその瞬間、激昂した。主人の命を護らねばならぬ筈の彼が、何故不意に役目を放棄し、自ら退いたのか。理由は唯一つ。

そのとき近づいてきた者の気配に僅かも殺気はなく、しかも、それが既に旧知の者であったからにほかならない。

（いまこのときこそ、命に代えても、俺を護らぬかッ）

だが正寔は、声にならぬ叫びを胸中にて発した。発した次の瞬間、

「柘植様」

密やかな声音で、背後から呼びかけられた。

勿論、耳に馴染みのある男の声音だ。

だが、聞いた瞬間、正寔は正直ゾッとした。

「危のうございましたな」

低い男の声音は、少しく笑いを含んでいるようだった。

「貴殿――」

たまらず振り返りざま、

「そろそろ、御名を名乗られては如何《いかが》か？」

そこに辞を低く佇んだ黒紋服の武士に向かって正寔は言った。

「…………」

「では、貴殿をなんとお呼びすればよい？　これだけ顔を合わせておるのに、名をお呼びできぬのは不自然ではないか」

「なんとでも、お好きなようにお呼びくだされませ。それがしは――」

「そこもとは？」

「故あって、名乗ることはできませぬ」

はじめて会ったときと全く変わらぬ応えを聞かされ、正寔は絶句した。

（こやつ……）

思わず、カッとなり、胸倉を摑んで締めあげるか、横っ面を一つぶん殴るかしたいほどに腹がたった。

しかし、辛うじて堪《こら》えた。

堪えた後、次第に冷静さを取り戻すと、男に対して無性に可笑《おか》しみを覚えていた。

(ここまで徹底すれば、立派なものだ)

遂には感心した。

感心はしても、到底好きになれそうにはなかったが。

第二話　盗っ人祝言

一

（いい染付だなぁ）

違い棚の下段に飾られた芙蓉《ふよう》の花の絵皿に、正寔はじっと視線を注いでいた。

（景徳鎮《けいとくちん》かな？）

白磁《はくじ》が、心なしか変色しているように見えるのは、相当の古物だからに相違ない。

正寔の目利きに間違いがなければ、明《みん》代初期の作ではあるまいか。となると、長崎でも滅多に見られぬ逸品だ。

（この前来たときはなかったな）

亭主が無言で茶筅《ちゃせん》を動かしているのをいいことに、正寔はさり気なく室内を物色《ぶっしょく》している。

手前座《てまえざ》の側に、茶室にしては大きめの連子窓《れんじまど》が設けられているため、室内はかなり明るい。

奥の床には白磁の一輪挿しが置かれ、白い梅の蕾《つぼみ》が飾られている。

（景徳鎮の年代物なら、かなりの値打ち物だ）

室内をぐるりとひとまわりさ迷った後、正寔の視線は、再び件《くだん》の絵皿に落ち着いた。

（献上品だな。これくらいの大家《たいか》ともなれば当然だ）

亭主の身分からすれば、珍しいことではない。

（さすがに、お大名のお道具は違うものだ）

この茶室へ招かれるのもこれで三度を超えた。それ故最早《もはや》、必要以上に緊張することはない。

緊張するどころか、いまやすっかり寛《くつろ》いでいる、といっていい。

（世が世なら、将軍職を継いでいたかもしれぬお方だからな。出入りの道具屋も、まさか贋物はつかませぬだろう）

正寔は、茶の湯自体にさほど興味はないが、道具を見るのは嫌いではない。

長崎時代、仕事柄、高価な皿や茶碗を目にする機会にめぐまれた。

そのため、赤絵、青絵に古伊万里《こいまり》、三彩《さんさい》など、ある程度の目利きもできる。

「まずは一服」

と言いつつ、亭主が正寔の前に差し出した茶碗は、三彩であった。釉薬《うわぐすり》の色がくすんでいるところをみると、これもかなりの年代物のようだ。

(唐《とう》三彩か？……しぶいな)

近年日本で作られている三彩は、釉薬の色が全体に明るい。もとより、中国で作られるものも同じである。長崎で取り引きされる品の中にも、そこまで古い品は滅多に見られない。

(もし本当に年代物の唐三彩だとすれば、この茶碗一つで、田舎の小藩の二つ三つは軽く買えるぞ)

舌を巻く思いで茶碗を手に取り、ゆっくりと飲み干し、口をつけたところを懐紙に拭って亭主のほうへと戻す。近頃は、作法もなかなか板についてきた。

そんな正寔を、亭主は無言で見つめていたが、

「呼びつけてすまんな、長州」

手を伸ばして戻された茶碗を己の膝下へと戻しながら、彼は柄《がら》にもない言葉を口にする。

（え？）

いまにも驚きの声が漏れそうな顔で、正寔はチラッと目をあげて亭主を見た。

「なにを驚いておる」

端正な眉間に小皺を寄せ、亭主が露骨にいやな顔をしたため、

「いや、あまりにも、あなた様らしくないお言葉でありました故――」

という言葉は、正寔も、さすがに喉元で呑み込んだ。

呑み込んでおいて、

「本日は、如何なるご用件にてそれがしをお招きくださったのでしょう、越中守《えっちゅうのかみ》さま？」

切り口上ですかさず問うた。

寛いでいるといっても、全く不安を感じていないわけではない。

できれば、二杯目の茶が出る前に、亭主との話をすませたい、と正寔は思った。ここで何杯も茶を馳走になると、腹もふくれるし、当然夜の酒も不味《まず》くなる。それになにより、一刻も早く、不安を解消したいのだ。今日は一体なにを頼まれるのだろうという、沸き上がる不安を――。

正寔の不安と危惧が、容易く伝わったのだろう。

亭主——松平《まつだいら》越中守定信《さだのぶ》は、声をたてずに微笑した。

(笑っている)

正寔は内心戦慄する。

「屋敷に賊が入ったそうだな、長州」

やがて微笑を浮かべたままの顔で定信は言い、正寔に驚く暇も返答する暇も与えず、

「先日当家にも、賊が入った」

淡々とした口調で、更に驚くべきことを告げた。

(えっ？)

正寔は当然顔色を変える。

「しかも、この下屋敷ではなく、牛込《うしごめ》の上屋敷に、だ」

「そ、それはまことでございますか？」

「嘘をついてどうする」

「し、しかし……何故こちらではなく、ご家来衆も多く、警護も厳重な上屋敷に？」

うろたえつつも、正寔は自然な疑問を口にした。

「わからぬ」

首を振る定信の面上から、既に微笑は消えている。

「或いは、警護の厳重な上屋敷をあえて襲うことで、おのれらの力を誇示したかったのかもしれぬ」

「しかし、一体何者が越中守様を？　越中守様は見当がついておられるのですか？」

正寔が問い返すと、

「わかるわけがないではないか」

定信は再び口の端を弛《ゆる》めて微笑した。

「そのほうほどではないかもしれぬが、余を亡き者にしたいと望む者もそこそこおるぞ」

「笑い事ではございませぬ。…ご無事でよろしゅうございました」

祖父譲りの胆《きも》の太さに、正寔は半ばあきれ、半ば敬服している。

「そちも知ってのとおり、当家には御庭番衆も詰めておる。曲者《くせもの》の侵入など、容易に許すわけもない。ところが、賊どもは易々と邸内に忍び入り、余の寝所のすぐ近くまで迫ったのじゃ」

「それで、忍び入りました賊の数は？」

「邸内に残されていた死骸は全部で十一。…かなわぬと見て、二名ほど、屋敷の外へ逃れたそうだから、総勢十三名ということになる」

「十三名でございますか……」

　正寔は少しく首を傾げた。

　一国の藩主であり、将軍家の従兄弟《いとこ》にあたる人物の命を狙うのに、果たしてそれは、妥当な人数なのであろうか。

　だが、夜陰《やいん》に乗じて屋敷に忍び込むには、それくらいがちょうどいい頭数《あたまかず》なのかもしれない。四十、五十と人数を揃えれば、それは最早密かに忍び込む、といったものではなく、衆を頼んでの討ち入りだ。

（大名屋敷に討ち入りなどしかければ、それこそ合戦騒ぎになる――）

　そこまで思案してから、

「それで、逃れた者のあとは追われたのですか？」

　我に返って、正寔は問うた。

「勿論尾行《つ》けた。だが、その者たちは途中で逃走を諦めたのか、追っ手に挑みかかってきたそうだ。それ故やむなく、二名とも殺した」

「では、賊は一人残らず……」

「死んだ」

「左様でございますか」

眉を顰《ひそ》めて肯《うなず》いた心の裡では、

（惜しい。……六兵衛か新八なら、或いは生きたまま逃がして、行く先を突き止めたかもしれぬ）

我がことのように悔しがった。

「どう思う、長州？」

「は、はて、どう、とは？」

獲物を狙う若鷹のような目で定信に見つめられ、正寔は戸惑う。

「いまも言うたが、そちも余も、命を狙われること自体、さほど珍しゅうはない。だが、屋敷にまで侵入されるとは些《いささ》か尋常《じんじょう》ではない。違うか？」

「越中守様のお屋敷と我が家などを一緒にはできますまいが、たとえ相当修練を積んだ忍びの者であっても、武家屋敷に入り込むのは容易なことではございませぬ」

「だが、容易に忍び入った。しかも、目指す相手の寝所まで、迷わず近づきおった。何故そんな真似ができたと思う？」

「屋敷の絵図面を見たからではございますまいか」

とは言わず、正寔は沈黙した。

大名屋敷の普請は、もとより家中《かちゅう》の者のみでおこない、絵図面なども厳重に保管されている筈だから、大工の棟梁の娘を誘惑する、などという方法で盗み見ることは不可能だ。

「おそらく、邸内に内通者がいるのだろう」

「なるほど」

あっさり納得してしまってから、

「内通、でございますか？」

その容易ならぬ言葉に、正寔は改めて驚いた。

（内通だと？）

正寔には思いもよらぬことだった。

当たり前だ。気心の知れた柘植家の家人の中に、内通者がいるなどという発想は、正寔にはない。

だが、千五百石の柘植家と、十一万石の白河藩《しらかわ》とを同じ土俵に乗せること自体、そもそもおかしい。

たまたま同じ時期に屋敷へ侵入された、という共通点だけで、定信を狙った者と、正寔を狙った者が同じところからやって来た、と考えるのは、寧《むし》ろ不自然というものだった。定信に招かれたことで、矢張り些か動顚《どうてん》していたのだろう。本来この二つの

事象のあいだには、なんの関係性もないのだ。だが、

「内通者はおそらく御庭番だ」

追い討ちをかけてくる定信の言葉に、正寔は再び混乱した。


(御庭番が内通している、だと)

正寔は、しばし言葉を失っていた。

(そんなことがあり得るか?)

混乱の極に達して絶句した正寔をしばし冷ややかに見据えてから、

「わからぬか、長州? 内通者が御庭番であれば、当家の絵図面も簡単に手に入るし、屋敷の内情も手に取るようにわかって当然であろうが」

定信は冷たく言い下した。

「しかし、まさか、そのようなことが……」

そもそも定信の身辺を警護している御庭番衆は、江戸城を護る御庭番衆と祖を同じくする。

将軍職を継ぐ際、同じく御三家である尾張《おわり》家とのあいだに激しい確執のあった吉宗は、その報復を恐れて子飼いの護衛役である薬込役《くすりごめやく》を国許《くにもと》から伴い、江戸城に入れ

た。

その後、吉宗の子から孫へと将軍職が継がれていったため、御庭番は確実に組織力を強め、将軍家守護の要《かなめ》となっている。それ故、数も増えた。いまでは、吉宗の直系である御三卿《ごさんきょう》の身辺にも御庭番が配されているし、養子に行ったとはいえ、吉宗の孫である定信の身辺も常に御庭番が警護している。

御庭番とはつまり、吉宗とその子孫を護るための組織なのだ。その御庭番が、定信の命を狙う者と内通するなど、あり得ることだろうか。

「信じられませぬ」

「意外だな」

動揺を隠さぬ正寔を見て、定信が少しく目を見張る。

「そちほどの切れ者が、今日は何故か察しが悪いのう」

「お買い被りでございます」

定信の言い方が、正寔には些か気に障った。

「それがしは暗愚な男でございます」

「いや、買い被っているのはそちのほうだ」

「え？」

「そちは御庭番というものを買い被っておる。ご公儀の扶持をもらっているからといって、必ずしもご公儀に心服しているわけではない。あれらは元々、そちらが言うところの、《忍び》の者じゃ」

「…………」

「武士ではない」

定信の言いたいことはよくわかる。

もとより忍びには、武士のような忠誠心はない。義も忠もなく、利によってのみ動く。それが、忍びだ。

「では、越中守様をお守りすべき御庭番が、何者かに買収されて内通したということですか」

「そちはどうなのだ、長州?」

「は?」

「おのれの屋敷に押し入ってきた賊の正体が、そちにはわかっておるのか?」

「わかりませぬ」

正寔は項垂《うなだ》れた。

漸《ようや》く侵入方法の見当はついたものの、手がかりになりそうな人物は既に姿を消している。あとは、六兵衛がなにか掴んで戻ってくるのを待つしかない。

「正直なところ、余にもわからぬ」

しばし口を閉ざしたあとで、定信はポツリと言った。

「わからぬがしかし、賊どもは本当に、我らの命を奪うつもりがあったのだろうか？」

「それは…どういう意味でございます？」

「家人を内通させるなど、それなりに準備を調《ととの》えて屋敷を襲っていながら、詰めが甘すぎるとは思わぬか？」

「…………」

確かに、それは正寔も感じていた。

だが、それでは一体、奴らはなんのために屋敷に侵入したのだろう。

「たとえば、だが――」

言いかけて、だが定信はすぐに言葉を止めた。言葉を探しているのか、思案顔で少し首を傾げている。

「たとえば？」

「なんと言えばよいか……試している？　演習？　そう、演習のようなものではあるまいか」

「演習、ですか？」

「忍び入るのが困難と思われる武家屋敷を次々と襲い、警護の状況を調べている」

「なんのために？」

「より困難な場所へ忍び込むためだ」

「より困難な場所とは？」

「まあ、聞け、長州。…奴らの側に立って考えれば、わかることだ。通常の武家屋敷などとは桁違いに警護の厳しい場所へ忍び込み、桁違いに厳しく警護されている者の命を狙うとすれば、失敗は許されぬ。それ故、繰り返し演習をおこなう」

「しかし、如何に演習をおこなおうと、忍び入った者たちが全員返り討ちにあったのでは、意味がないのでは？」

「その程度の屋敷で返り討ちに遭うような輩《やから》なら、どうせものの役にはたたぬ。だから返り討ちにあっても惜しくはないのだろう」

「しかし、無駄な襲撃を繰り返していては、やがて配下が一人もいなくなるかもしれませぬぞ」

「いや、強《あなが》ち無駄な襲撃ではないのかもしれぬ」

「それがしにはわかりませぬ」

　正寔は途方に暮れ、首を振るしかない。

　それほど、定信の言葉は、正寔にとって理解しがたいものであった。

「つまり、演習であり調査であると同時に、屋敷の主人に対して、いつでも殺せるぞ、という脅しをかけているのだ」

「それならば、わかります。されど越中守様、その脅しは、或いは逆効果となることもございますが」

「逆効果？」

「警戒して、以後は屋敷の警護を強化するかもしれませぬ」

「それは、よいのだ」

「はて？　賊にとってはよくないかと存じますが」

「いや、賊どもは、二度と同じ屋敷に忍び込むつもりはないのだろう」

　定信の口調は、次第に確固たるものに変わっている。口にするまでは漠然としていた己の考えが、正寔に話すことで確信に近づいてきたのかもしれない。

「奴らの目的は、そちでも余でもなく、もっと大物なのだ」

「そ、それがしは兎《と》も角《かく》、越中守様以上の大物など、おいそれと……」

ついロ走りかけて、だが正寔はハッと我が手で口許を押さえる。

口に出すのも憚《はばか》られるほどの人物。

即ち、千代田《ちよだ》の城に住む十代将軍・家治公に相違ない。

(しかし――)

「まさか、そのようなこと……」

「絶対にあり得ぬと思うか？」

「………」

念を押されると、正寔には応える言葉がなかった。

この世に、絶対あり得ぬことなど、それこそあり得ない。そのことを、誰よりもよく知る正寔である。

「ついては、また、そちに面倒な頼み事をせねばならぬ」

言葉をなくした正寔に、彼が遂に最も恐れていたことを、定信は告げた。

(まさか、まさか……)

正寔は忽ち恐怖する。

「おい、茂光《しげみつ》」

だが定信は、ふと口調を変え、傍《かたわ》らの連子窓の外へ声をかけた。

「はい」

低い男の声で返事があり、その声が、いつも正寔を迎えに来る側用人《そばようにん》のものであることは容易に知れた。

「持って参れ」

「はい」

返事があってから、茂光が茶室に入ってくるまで、瞬《まばた》き一つする間のことだった。

「…………」

茂光は無言で一礼し、手にしたものを正寔の前に置く。

それは、暗い色の装束とひとふりの忍び刀だった。正寔が驚いて目を剝《む》く暇もなく、

茂光は主人から言いつけられた用を終えると、無言のまま茶室を立ち去る。

「当家に入った賊が身につけていたものだ。そちならば、それをもとに、賊の正体に辿り着けるのではないか?」

「無理ですッ」

正寔は即答した。定信の言葉が言い終わるか終わらぬか、というところである。

「し、忍び刀など、伊賀でも甲賀でも、忍びならば誰でも使うものでございます。出所など、到底突き止められませぬッ」

「長州」

「そ、それに第一、それがしには作事奉行の役目がございますッ」

「まだ何も――」

「無理でございますッ」

正寔は夢中で定信の言葉を制止する。聞きたくない。これ以上、定信には一言も語らせたくなかった。それ故、まだ何も聞かぬうちに断ってしまうに限る。

「のう、長州――」

「では、これにて失礼仕《つかまつ》ります」

「落ち着け、長州ッ」

鋭く一喝されて、正寔は漸く我に返った。

「話くらい聞かぬか」

「…………」

「余とて、既に死んでしまった刺客の身元を調べよ、などと無理は言わぬ」

「では、一体なにを調べれば？」

「我ら以外にも、まだまだ屋敷を襲われる者があるかもしれぬ」

（我ら、ではないぞ、我らでは。…そちらを狙った者と俺を狙った者は、全く別。な

んの関わりもないのだからな）

　正寔は心で懸命に言い返す。

　そして堪えきれず、口にも出した。

「まさか、これから襲われるかもしれぬ屋敷を調べるのでございますか？……江戸に、全部で何軒の武家屋敷があるかご存知ですか？」

「それでも、十万石以上の大名屋敷となれば、限られてくるのではないかな」

「大名屋敷、でございますか」

　正寔は途方に暮れるしかない。

　禄高十万石以上の大名屋敷が幾つあるのか知らないが、どの屋敷が狙われるかがわからぬ以上、どうにもならないではないか。

　そんな正寔の心中を見抜いたか、

「余が思うに、次に狙われるとすれば、御三卿の誰か──おそらくは一橋《ひとつばし》家だろう」

　眉一つ動かさず、定信は言う。

「え？」

「それ故、今後は御門内の一橋屋敷を見張っていれば、そのうち賊は現れよう」

「お、お待ちください、越中守様、御門内のお屋敷、と気軽に仰有《おつしや》られますが、御門内は既に御城中も同然。そう簡単に侵入できるわけがございません」

定信が口にする悪夢のような言葉を、正寔は制止した。そうでもしないと、座っているのに激しい眩暈《めまい》がして、いまにもその場に頽《くずお》れそうだった。

「狼狽《うろた》えるな、長州」

宥《なだ》めるように、定信は言った。

「なにもそのほうに、一橋家を見張っていてほしい、と言っているわけではない」

「…………」

「それより、近頃巷《ちまた》に妙な噂が広まっているそうだな」

「噂？」

「上様の病は、先年横死した田沼山城守の祟《たた》りである、とか」

「くだらぬ噂でございます。大方、どこぞの読売がでっちあげたのでしょう」

「だが、由々《ゆゆ》しきことだ」

定信は厳しく表情を引き締める。

「考えてもみよ。山城守の死は二年も前のことだぞ。祟るなら――いや、あれほどに目をかけていただいた上様を祟るというのがそもそも筋違いなのだが――百歩譲って祟りだとするなら、死の直後に祟るべきだろう。噂がたつなら、そのときにこそたつべきだ」

「それは、たまたま上様のお加減がお悪いと下々にまで知れたため、こじつけたのでございましょう」

「では何故、わざわざ、二年前に死んだ山城守を引っ張り出す必要があるのだ？」

「何故と言われましても……」

正寔は困惑した。

噂などというものは、本来そうしたものではないか。なんの根拠もなく、ある日突然囁かれ、それがいつしか広まってしまう。

「祟りの主が、山城守というのが問題なのだ。これは明らかに、何者かが意図的に流した噂に相違ない」

「そうでしょうか」

「山城守が上様に祟りを為しているなどという噂が広まれば、困るのは誰だ？」

「さあ…御老中……田沼様でしょうか」

「そうだ。嫡男に死なれて以来、すっかり尾羽《おは》打ち枯らした田沼が、益々窮地に立たされることになる」

「それは些か大袈裟ではございますまいか。埒《らち》もない噂にございますれば――」

「埒もない噂でも、弱った者には致命傷になる」

「意外でございます」

正寔はふと口調を変えた。

「なんだ？」

「越中守様は、御老中のことを快く思われていないのだとばかり思うておりました」

「要《い》らぬことを申すな。余が田沼をどう思うているかは問題ではない」

てっきり不機嫌な顔をするかと思ったが、定信の顔つきも口調もさほど変わらなかった。

「悪辣《あくらつ》な手段で人を陥《おとしい》れようとする、そのことこそが問題なのだ」

正寔は一瞬言葉を呑み、定信を見つめた。

（このお方は……）

感動していた。

はじめて会った頃は、自らの才を恃《たの》んで平然と人を踏みつける不遜な若者だと思ったが、つきあううちに、その印象は次第に変わりつつある。

実は心の奥底にひどく人情家の一面を隠していて、それを覗かせないために、隙もなく武装している――理性という鎧《よろい》で。

だが、定信の本質が心正しい人情家であるならば、正寔もまた、同じ性情の持ち主である。それ故結局、彼の言うことを聞かねばならぬ羽目に陥る。

それを承知しているのか否か、定信の言葉は、屢々《しばしば》正寔の心を激しくうち振るわせた。

「それで、噂の出所《でどころ》を探り出せ、と言われますか？」

「できるか？」

問われて、

「はい、できます」

とは即答できなかった。

しかし、咄嗟《とっさ》に思案した。

（一橋家を……いや、将軍家のお命を狙おうとしている者の正体を突き止めろ、と命じられるよりは、まだましだ）

短い思案の後、

「必ず突き止める、というお約束はいたしかねますが、それがしにできる限りのことはいたしましょう」

極めて遠慮がちに正寔は応えた。

「うむ。頼む」

定信は満足げに肯いたが、もとより正寔にはまだまだ言いたいことがある。

「ときに越中守様」

「ん?」

「それがしにも、作事奉行というお役目がございます」

「わかっておる」

「いいえ、わかっておられませぬ。それがしは、日がな一日、縁側で猫の頭を撫でているわけではないのですぞ」

「わかっておる、と言っておろう。そちは隠居老人ではない」

「いいえ、わかってはおられませぬ」

例によって強引に押しきろうとする定信に、強い口調で正寔は言った。

「そこを、きっちりおわかりいただかねば、今後越中守様のお手前を頂戴することはできませせぬ」

「わかった」

間髪容《かんはつい》れずに定信は言い、

「今後は、そちの都合も充分に考慮しよう。茂光にもよく言い聞かせておく」

（茂光殿には、ちゃんと名乗るように言い聞かせてください）

心の中でだけ、正寔は応えた。

茂光には茂光の考えもあって、正寔には名乗らぬ、と決めているのだ。だが、主人から命じられれば、己を曲げて名乗ることになるだろう。同じ侍として、己の意志を、己以外の者によって曲げられるのがどれほど無念かは想像に難《かた》くない。

「おわかりいただければ、よいのです」

定信の素直な反応に、正寔もつい気を弛めた。

「では、約束したぞ、長州」

「は？」

「そちの都合を尊重すれば、そちは、余のために働いてくれるのであろう」

「それは……」

「頼んだぞ、長州」

「…………」

正寔は絶句した。淡く微笑《ほほえ》んだ定信の目は、真っ直ぐ彼を見返していた。はじめて見る、優しさに溢れた明るい目の色だった。

二

（やれやれ……）

正寔は重い足どりで帰途についた。

例によって、用人の茂光が乗物を勧めてくれたが、正寔は断った。命を狙われることが多い者にとって、乗ったら最後自由のきかぬ乗物はとても危険だ。

「なれど、歩いて帰られては途中で日が暮れてしまいますぞ」

「なぁに、頼りになる供がおりますので心配ご無用」

作り笑いで正寔は応えた。

しかし、大木戸まで歩く道々、ドッと重苦しい疲労感に襲われ、その場に座り込んでしまいたくなった。

（長い一日だった）

今日は朝から花川戸まで吉五郎に会いに行き、それから浅草界隈を歩きまわって長助の住む裏店を突き止めた。

その後廣小路で久松《ひさまつ》松平家の用人・茂光に呼び止められ、内藤《ないとう》くんだりまで連れてこられたのだ。

そして、極めつけは茶室での定信とのやりとりだろう。

もう、くたくただった。

「新八」

「はい」

新八郎は、半歩後ろに控えている。

この二年で、田舎から持ってきた少年ぽさは抜け、すっかり男の顔つきに変わっていた。

(いまはさすがに、岡場所くらいは行くのだろうな)

男の顔に変わったということは即ち、女を知ったからにほかならない。

「馴染みの女はできたのか？」

聞いてみたい気持ちはやまやまだが、正寔は堪えた。

そういう軽口を、全身で拒否する空気を、いまの新八郎は纏《まと》っている。それ故、どうせ気まずくなるのがわかっている軽口をきく気にはなれなかった。代わりに、

「酒が飲みたいな」

心からの願いを口にした。

「よいのですか？」

問い返す新八郎の口調には、念を押す意味がこめられている。

「ああ、いますぐ飲みたい」

「この先に、それがしの行きつけの店がございますが……」

「では、そこに連れて行ってくれ、新八」

「ですが……」

「なんだ？　なにかさし障《さわ》りがあるのか？　今日はそんなに堅苦しい恰好をしていないと思うが」

「いえ、そういうことではなくて……」

以前、新八郎に、彼の行きつけの飯屋に連れて行くよう頼んだところ、そのとき正寔が身につけていた紋服を理由に断られたことがあるのを思い出して、自らの服装を顧みたのだが、浪人風体なら問題なかろうと思うのに、新八郎は何故かまだ渋い顔をしている。

「では、なんだ？　その店の娘か女将《おかみ》にでも岡惚れしていて、儂には会わせたくないのか？」

「ち、違いますッ」

新八郎は真っ赤になって否定した。

その狼狽《うろた》えぶりからみて、強《あなが》ちあてずっぽうでもないらしい。

「そうではなくて、いま寄り道なさったら、奥方様のお夕食が召しあがれなくなってしまいますが、それでもよろしいのですかと申しあげているのです」

「別に、どっかり腰を落ち着けて飲もうというわけではない。疲れたのでひと休みするついでに、軽く一、二杯ひっかけるだけだ」

「さようでございますか」

「一、二杯ひっかけて、すぐ帰る。女房殿の飯が食えなくなるほど深酒するつもりなど、さらさらないわ」

「それならよいのですが……」

新八郎は半信半疑であった。

その顔つきを見れば、いま主人が最もなにを欲しているかがわかるほどには、新八郎も正寔に馴染んでいる。それ故、

（いま飲みはじめたら、一、二杯ですむものか）

ということが、充分察せられたのだ。

新八郎が危惧したとおり、その夜正寔は大木戸の近く――岡場所帰りの客で賑わう

居酒屋で泥酔してしまい、辻駕籠に乗せられて帰宅する羽目に陥った。

翌日、宿酔《ふつかよい》で痛む頭を床の上で抱え込みながら、

(とんでもないことを請け負った)

正寔は改めてそのことを悔やんだ。

だが、あの場合彼にはそれしか選択肢がなかった。

三

その日正寔は、少々早く目覚めすぎてしまった。

先日、松平定信の茶室に招かれてからというもの、寝付きの悪い日が続いている。遅くまで書見し、漸《ようや》く眠気が訪れても寝酒を飲むと忽《たちま》ち目が覚める。目が覚めて、最早《もはや》眠るのが困難と思うと、またそのことを考える。

即ち、松平定信からの頼まれ事だ。

冷静に考えれば、手だてが全くないというわけでもない。

とりあえず正寔は、ここ数ヶ月、江戸に出回った読売という読売を、手に入る限り集めてくるよう、新八郎に命じた。

瓦版《かわらばん》とも呼ばれるそれらの紙面は、絵入りのものが多く、文字数は存外少ない。そうしないと、主な購買層である町人に喜ばれないからだ。武士でも、浪人暮らしの長い者たちは感覚が町人化しているので屢々《しばしば》愛読しているだろうが、歴とした扶持取りの武士なら、先《ま》ず、手にする機会も滅多にない。

しかし、ひと口に読売と言っても、ピンからキリまであるということを、正寔は知った。

町人向けとはいえ、市中で起こった重大事件——火事や地震、人殺しから押し込み・強盗等、実際に起こったことを、事実にしたがって忠実に書き記している良質なものもあれば、色恋沙汰や妖怪話など、興味本位で荒唐無稽《こうとうむけい》な内容のものもある。娯楽に徹した眉唾話もそれなりに面白いが、中には子供騙し同然のお粗末な紙面もあり、その数の多さに、正寔は先ず呆れた。

読売の中に、「山城守、上様を祟る」説を唱えているものが見つかれば、その版元《はんもと》を突き止めることで、故意に噂を広めている者に辿り着ける、と思ったのだが、これは思った以上に、時間と根気の要《い》る仕事であった。

先ず、読み捨てられることの多い瓦版というものを収集することが可能かどうか。

（とはいえ、御三卿・一橋家の当主を狙う者の正体を突き止めるよりは、こっちのほ

うがまだマシだ)

正寔は己に言い聞かせている。

一旦目が覚めると、再び眠りに陥ることは難しい。認めたくはないが、そろそろそういう年齢に達しつつある。

(表はまだ、真っ暗だが)

一旦厠《かわや》へ行ってまた床に戻るのは気が咎める。正寔はそのまま起きることにした。しばし散歩して腹を減らし、絹栄の朝餉をより美味《おい》しく食そうという程度の魂胆《こんたん》だった。それ故、屋敷の周辺を、四半刻ばかり漫《そぞ》ろ歩けばよいだろうと思った。

「殿様、もうお目覚めでございますか?」

正寔が起きた気配を察して様子を見に来た絹栄に、

「うん。少しそのへんを散歩してくる。四半刻で戻る故、戻ったらすぐ朝餉にしてくれ」

正寔は言い置いた。

髭《ひげ》も当たらず、髪もたださぬまま、素浪人のような姿で屋敷の外へ出る。

早朝——というより、未だ払暁《ふつぎょう》前故に、人影はない。

膚《はだ》に触れる空気も冷たい。だが、

（春だのう）

思うともなく、正寔は思う。隣家の桃の香が、あたりに甘く漂っていた。

この季節なら、そろそろ公魚《わかさぎ》が食べ頃だ。

（今宵は、公魚の天ぷらで一杯やるか）

正寔は、あえて暢気《のんき》なことを考える。

年が明けて、老中の田沼意次は、大坂商人に対して多額の御用金を要求した。嫡子を喪ったことですっかり覇気をなくし、幕府内での勢力を弱めつつあるとはいえ、腐っても老中筆頭である。大坂商人たちは黙って従うしかないだろう。

（大飢饉の影響で、どこの米価も高騰している。御用金なんぞ要求されて、さぞや、腸《はらわた》が煮え繰り返っているだろうな）

正寔は内心苦笑する。

一時は財政の再建に成功したかに見えた田沼政権も、さまざまな齟齬《そご》が生じて、いまは翳りが見えはじめた。

大金を注ぎ込んでの大規模な干拓工事を計画しているが、もし万一失敗した場合、今度こそ命取りになるだろう。

（一度躓《つまず》くと、あとは転がるばかりだな）

思ってから、正寔はふと道端に身を寄せ、無意識に気配を消した。

背後から、夥《おびただ》しい人の気配と足音が響いてきたのである。

時刻は寅《とら》の中刻。

未だ明《あけ》六ツ前である。夜は明けきっておらず、通りを、大勢の人間が行き来するとは思えない。

(なんだ?)

正寔の胸に、忽ち不安が押し寄せた。

正寔は奇異な現象を信じる人間ではない。彼にとっては馴染みの深い忍びの術には、一見人知の及ばぬ超常現象に似たものもあるが、それは、巧みな身の処し方でそう思わせているだけのことで、実際には種も仕掛けもある手妻《てづま》とさほど変わらない。

それ故、正寔は怪力乱神を信じないし、恐れもしない。

が、このときばかりは、さすがに少し恐かった。

なにしろ、早朝とは思えぬ夥しい足音が、確かに近づいてくるのである。しかも、その足音の中には、馬の蹄《ひずめ》の音も混じっていた。

(なんなんだ、この時刻に?)

正寔は闇に目を凝らした。

うっすらと人影が見える。提灯《ちょうちん》を灯して来るせいだということはすぐにわかった。

提灯を手にした黒紋付きの男たちが数人、足下を照らしながら歩いて来る。そのすぐ後ろを、馬の背に揺られて白装束の花嫁がやって来た。目深《まぶか》に綿帽子を被っているため、顔だちはわからぬが、項《うなじ》の白さは薄暗がりの中でも際立って見える。

(嫁入り行列？　この時刻にか？)

正寔は流石《さすが》に度肝を抜かれた。

狐《きつね》の嫁入り、というのは聞いたことがあるが、彼はもとより、怪異譚を信じるような人間ではない。

それ故、しばし我が目を疑った。

この時刻に、花嫁行列の一行が通りを行き過ぎるなど、世間ではよくあることなのだろうか。

(たとえば、遠方より嫁いできたとしても、祝言は夜が明けてからおこなうものだ。どこかで一泊して、朝になってから出立するのが普通だろう)

思いつつ、正寔は目を凝らして行列を見送った。

幻ではなかった証拠に、複数の足音が、いつまでも耳に残っていた。

四

「それはおそらく、盗っ人祝言でしょう」

火付盗賊改方《ひつけとうぞくあらためかた》の頭《かしら》をしている旧友は、正寔の話を聞き終わるなり、事も無げに言った。

忽ちにしてあけてしまった三合の酒のせいで、早くもその両頬が紅潮している。

「盗っ人祝言？」

「盗っ人同士が交わす祝言のことです」

正寔の旧友——横田松房《よこたとしふさ》は言い、言いざま更に、猪口《ちょこ》の酒を飲み干した。四十を過ぎても、相変わらずの酒豪である。

「盗っ人同士で、婚姻を結ぶのか？」

「盗っ人にも、女房もいれば子もいるんですよ」

「それはそうだろうが——」

「お縄にならずに何代も続く盗っ人の一味同士が婚姻を結んだら、どうなると思います、三蔵兄《にい》？　ただでさえでかい一味同士が一つになって、更にでかい一味になるんですよ。……こいつは厄介《やっかい》です」

「だろうな」

正寔は納得し、空《から》になった旧友の猪口に、再び酒を満たしてやる。

年齢からいえば、旧友というより弟分といったほうが正しいだろう。同じく旗本御《お》先手組《さきてぐみ》組頭の子で、屋敷も近かったため、子供の頃はよく遊んだ。但し、正寔のほうが十歳近く年上である。

だが、忍び修行のため殆ど道場へは通わず、申し訳程度の目録を貰っただけの正寔と違い、松房は若くして一刀流の免許を与えられていた。火盗の頭になるために、剣の腕が必須条件というわけではないだろうが、現場でものの役に立たないような者では部下にも持て余されてしまうだろうから、矢張り、それなりに使えたほうがよいのだろう。

「で、その、盗っ人同士の祝言というのは、だいたい早朝におこなわれるのか？」

「そりゃあ、お天道様《てんとさま》に顔向けのできない日陰者同士ですからね。さすがに、真っ昼間に祝言を挙げるのは憚《はばか》られるのでしょう。だから、真夜中だの明け方だの、まだ世間の人間が寝ているうちにさっさとすませてしまうんですよ」

「なるほどのう」

深く嘆息しつつ、正寔は手にした徳利から自らの猪口に注《つ》いでひと口飲んだ。

熱燗を頼んだ筈だが、話が長かったせいか、最早すっかり冷めている。

文官である奉行職の者と違い、そもそも武官である火盗改の頭が登城する習慣はない。それ故今日は、たまたま用があって登城していたのだろう。

神田橋《かんだばし》御門外で松房の姿を見かけたとき、正寔の胸裡には、懐かしさ以上に閃くものがあった。

数日前、早朝の路上で見かけた奇妙な光景がなんであったかを、

(こやつに聞けば、わかるのではないか)

と、咄嗟に考えたのだ。

「久しいのう、源太郎《げんたろう》」

「これは三蔵兄」

声をかけると、松房も上機嫌の笑顔で応えてくれた。互いに、いまでも通称で呼び合う仲である。日々厳しい職務に追われていると、旧知の者との再会は嬉しいものだろう。

「折角久しぶりで会ったのだ。そこらで一杯やろうではないか」

誘うと、酒に目のない松房は即座に承知した。

二人が入ったのは、松房が部下たちとよく立ち寄ると言う神田鍋《なべ》町の蕎麦《そば》屋だ。酒好きの松房が贔屓《ひいき》にしているだけあって、天ぷらはもとより、白和《しらあ》えこんにゃくに塩辛など、気の利いた美味《うま》いあてが揃っていた。

「盗賊同士の婚儀というのは、結構よくあることなのか、源太郎？」

松房の答えを聞いてしばし思案してから、正寔はふと問い返した。すると、

「それは……」

松房は困惑して口籠《くちご》もった。

「俺だって、加役《かやく》についたのは、つい一年前のことですよ。話に聞いてるだけで、実際に見たことはありませんよ。見たくもありませんがね」

ややふて腐れた口調で言ってから、またしても猪口の酒をひと口で飲み干す。

加役とは即ち、火盗改の別称である。御先手組頭と兼任であることが多いところから、そのようにも呼ばれる。

横田松房といえば、火盗改の役に就いて以来、峻厳な取り調べをすることで世に聞こえた男だ。横田棒と呼ばれる独特の拷問道具を考案し、容赦なく科人《とがにん》を責め立てる冷血漢である彼を、だが正寔は、まだよちよち歩きの幼児の頃からよく知っている。

当時の松房は、虫も殺せぬか弱い子供だった。

それが、いまでは、専《もっぱ》ら悪党どもから、《鬼源太《おにげんた》》とか《鬼源》とか呼ばれ、恐れられているらしい。

「ったく、ふざけやがって、盗っ人の、極悪人の分際で祝言だと？　冗談も大概にしてほしいもんだよ」

酔いがまわってきたのか、松房の口調は次第にぞんざいなものとなる。

「いいですか、三蔵兄、盗っ人同士が、よりによって江戸で祝言をあげる。このことの意味がわかりますか？」

「いや……」

「なめられているんですよ、賊どもに。畜生ッ。……盗賊同士、縁を結んで大きくなって、…益々江戸に根をはり、たんまり稼ごうって魂胆なんですよ」

「いや、儂が見たのは盗っ人ではなく、或いはなにか訳があって早朝に祝言をあげねばならぬ堅気《かたぎ》の花嫁行列かもしれぬ」

「堅気の祝言は、昼か夜でしょう。だいたい、どんな理由があって、早朝にやるってんです？　盗っ人に決まってるじゃないですか」

「そんな奴らが蔓延《はびこ》るのは、そもそも火盗の怠慢ではないのか」

などとは間違っても言わず、正寔は無言で、ただ松房の猪口に酒を注ぎ続けた。

聞きたいことを聞いたので、それではこれにて、と立ち去ったのではあまりに薄情すぎる。

「ええ、そうですよ。我ら火盗が不甲斐ないばかりに、盗っ人どもの跳梁《ちょうりょう》を許すのです。将軍家のお膝元たるこの御府内で盗っ人祝言だと？　おのれ、どこまで我らを虚仮《こけ》にすれば気がすむというのか」

酔いがまわって声が大きくなり、自嘲的な言葉を吐きはじめた旧友を、まさかこのまま一人残して帰るわけにはいかない。こうなったからは、とことんつきあうべきだろう。

「だが、お主はよくやっているではないか、源太郎」

酒を注いでやりながら、正寔はしんみりとした口調で語りかけた。

「噂は聞いているぞ。お前が火盗の頭となってから、名のある盗賊が何人もお縄になっているというではないか」

「い、いや、それほどでは……」

「盗っ人同士が祝言をかわすくらい、仕方ないではないか。盗っ人とて人の子だ。夫婦にもなれば子も作る――」

「気安めはたくさんですよ、三蔵兄ッ」

だが、宥めようとする正寔の言葉が逆効果となったか、松房は一層声を荒げた。

「気安めなど言っておらぬぞ。本当に、お前はよくやっているではないか」

「俺だけじゃありませんよ、三蔵兄。俺の配下の者たちだって、別に遊んでいるわけじゃない。儂以上に、寝る間も惜しんで働いております」

「わかっている」

「なにがわかっていると言うのです?」

「え?」

「あなたに、なにがおわかりになるというのですか、ええ?」

「いや、なにか気に障《さわ》ったのなら謝る。すまぬ、源太郎」

相手は酩酊《めいてい》し、我を失った酔漢だ。手のかかる酔っぱらいなら、林友直で慣れている。それ故正寔は逆らわず、素直に詫びた。

「だからあなたはいやなんですよ」

「え?」

「本気で悪いとも思っていないくせに、そうやって、すぐに物わかりのいい大人の顔をして……」

「そ、そんなつもりはないが……」

（こいつ、こんなに酒癖が悪かったのか）

内心青ざめる思いである。

こうなれば、薄情者と思われても、このまま松房を残して帰るのもやむないことだろう。

（暴れ出されたりしたら、厄介だからな）

半ば腰を上げかけたとき、

「くそぅッ、俺が火盗の頭でいるあいだに、世の中の、賊という賊を、すべて根絶やしにしてやるぞッ」

松房は不意に立ち上がり、拳を突き上げつつ、虚空に向かって大声を放った。

「お、おい、源太――」

叫ぶなり、ヨロリと頽《くずお》れかける松房の体を、正寔は慌てて横から支える。

「この俺の思いが、わかりますか、三蔵兄？」

すると、今度は掻き口説くような口調で問うてくる。

「ああ、わかるとも」

力強く応えて、兎《と》に角《かく》松房を元どおりに座らせた。

（仕方ない。酔い潰れるまで飲ませて、連れて帰るか）

心中深く嘆息しつつ、正寔は腹を括《くく》るしかなかった。

五

言いたいことを言い、飲みたいだけ酒を飲むとすっきりしたのか、意外や松房は、自ら帰る、と言い出した。

「大丈夫か、源太郎？」

「なにがです？」

心配して正寔が訊《たず》ねると、涼しい顔で松房は聞き返す。

「屋敷に使いをやって、誰か迎えに来させたほうがよいのではないか？」

「なにを言ってるんです、三蔵兄。これしきの酒で、迎えなど呼べますか」

正寔の腕をやんわりと振り解いて、松房は破顔《わら》った。その笑顔に、正寔は僅かな苛《いら》立《だ》ちをおぼえる。

「火盗の頭が、酒に酔って一人では歩くこともままならなくなったなどと、賊に知られたら、なんと噂されるか……」


だが、その一刻後。

だが、踏み出した松房の足どりは、当然ふらついている。

(やれやれ……)

正寔は仕方なく、松房のあとについて歩いた。

「見ろ、三蔵兄、いい月夜だなぁ」

「ああ」

松房の指差す先に、淡く雲に覆われながらも、盆のような月が浮かんでいる。

(いい気なもんだ)

しかし正寔に、月を眺める余裕はない。

店を出て、ほんの数歩と行かぬうちに感じ取っていた。すぐ間近まで、夥《おびただ》しい数の殺気が迫っていることを——。

(十人はいるか?)

正寔が密かにその気配を探った瞬間、

「ご安心くだされ。皆、それがしの客でござる」

半歩から一歩先を歩いていた松房が、正寔を顧みて低く囁いた。

(え?)

正寔は二度驚いた。

あれほどふらついていた松房の足どりが、殺気を感じた瞬間、僅かの乱れもないものに変わっている。囁いた言葉の呼気にも酔っぱらい特有の荒さはなく、一升以上飲んだ人間のものとは到底思えなかった。

「仕事柄、物騒な連中の相手ばかりしているもので……」

事も無げに松房は言うが、

(一概にそうとは言い切れぬぞ、源太郎。火盗の頭ほどではないかもしれんが、これでも、しばしば物騒なことに首を突っ込んでおるのでな)

正寔は正寔で、その殺気の主が自分の客である可能性を考えている。

松房にとって、幼馴染みの正寔は、物騒なことには無縁の作事奉行でしかないから、命を狙われるなどとは夢にも思わないのだろうが、正寔もまた、四六時中何者かに命を狙われているのだ。

「この先の火除け地で相手をするから、三蔵兄はそこらに身を隠すか逃げるかしてください」

「おい、源太郎――」

と正寔が引き止める暇もなく、松房は不意に全速力で走り出す。その足どりはしっかりしていて、到底酩酊している人間のものではなかった。

「………」

そして、走り去った松房のあとを、複数の人影が追って行く。月夜であるから、殺気に逸《はや》る男たちの凶相までが、はっきりと見てとれる。

男たちの人数は総勢十名。町人風体の者と浪人風体の者が半々くらいであった。

もとより正寔も、即座にそのあとを追う。

「死ね、鬼源ッ」

ひと足先に空き地に行き着いていた松房は既に大刀を抜き、敵が殺到するのを待ち構えている。

次の瞬間、
ズッ、
ざぁーッ、
肉を貫く音と、夥しく血の飛沫《しぶ》く音が重なったのは、最初の敵を突きで斃《たお》し、間髪容れず次の敵を袈裟懸《けさが》けに斬って頸動脈を両断したためだ。

「貴様ら如きが、この鬼源の命を狙うとは、片腹痛いわッ」

「くそぉッ」

「鬼といっても所詮は人よ。前と後ろから同時にかかればわけはねぇッ」

その指示に従い、正面からは浪人者、背後から匕首《あいくち》を手にした町人が、ほぼ同時に松房を襲う――。

だが、松房は少しも慌てず浪人の切っ尖を躱《かわ》し、躱しざま身を捩《ねじ》ると、腋《わき》を狙ってきた町人の匕首を避ける。避けざま、松房の切っ尖が町人の胴を刎《は》ねた。返す刃で、間合いの中にいた浪人者を、真っ向から斬りおろす。

「げぎゃッ」

今度は、二つの悲鳴が綺麗に重なる。

(これは……)

正寔は内心舌を巻く。

火盗改の頭は、矢張り底冷えしそうなほどの使い手だった。だが、

(とはいえ、隠れて見てるわけにはゆかぬようだ)

鯉口《こいぐち》をくつろげつつ、正寔は素早く歩を進めた。

歩を進めれば、即ちそこには、刀を抜いた浪人者がいる。

「おのれッ」

焦って斬りかかろうとする浪人の脛《すね》を蹴りつけると、

「がぁッ」

翻筋斗《もんどり》うって、男は倒れた。

如何に松房が優れた使い手であろうと、瞬時に斬り捨てられる人数には限界がある。第一、どんな名刀であろうと、三人も斬れば刀身に脂《あぶら》がまわって切れ味が鈍るのだ。

それ故、十人の敵を一人で相手にするのはさすがに困難である。

正寔を敵と認めた一人が、すかさず青眼に構えて忍び寄る。

だが正寔はそれを無視して、音もなく松房の背後に迫ろうとしている男の後頭部を、柄頭で強《したた》か殴った。

「ぐぎ——」

短い悲鳴とともに、男は昏倒する。

そのことに、松房は目敏《めざと》く気づいたのだろう。

「すまぬ、三蔵兄」

目の前に迫る男を真一文字に斬り下げざま、短く呻いた。

だが、真に驚くべきは、松房が、その返す刀で、更にもう一人の敵を葬っていたことだ。

(これは、泥酔している人間の動きではない)

ということを、今更ながらに正寔は知った。

（先刻のあの酔態、さてはすべて擬態であったか）

漸《ようや》くにして正寔は覚った。

ぎぃえ、
ごぉッ……、

「ぐぎぇ……」

幾つかの斬音と悲鳴とが、ほぼ同時に起こっている。その都度、確実に二人から三人が、命を落としていた。

（こいつは、化け物だ）

内心舌を巻きつつ、だが正寔もまた、そのとき無意識に身を処している。即ち、松房の背後を襲おうとする者の背に、片っ端から棟打ちを叩き込んだ。

「終わりました、三蔵兄」

やがて、立ち向かってくる敵が総て地に打ち伏したところで、刀身を懐紙に拭いながら松房が言った。殆ど息も切らしていない。

「助太刀いただき、忝《かたじけ》ない、三蔵兄」

「いや、俺など、なにも――」

松房が正寔に礼を言い、正寔がそれに答えかけたところへ、

「お頭、お頭ーッ」

大声で叫びながら駆け込んでくる者がある。振り向いた正寔を押し退けるようにして、松房の前に立ったのは、まだ若い――せいぜい二十歳そこそこだろう――着流しに黒の紋付き羽織の武士だった。

「お…お頭……」

「これ、恵吾《けいご》、無礼であろう」

松房が頭ごなしに咎めたところをみると大方、彼の配下の火盗の同心であろう。

「これは、失礼いたしました」

恵吾と呼ばれた若い武士は、すぐ正寔に気づいて一礼した。正寔は無言で目礼を返す。息も切れ切れになりながら、全力で走ってきたのだ。蓋《けだ》し、急ぎの用件なのだろう。

「………」

「どうした、恵吾？」

「ご、ご無事で…ございますかッ」

「見てのとおりだ」

「じょ、上々でございます」

「それで、そっちの首尾は？」

「はっ、お頭の睨んだとおり、《松虫《まつむし》》の陣五郎《じんごろう》一味は、今宵上野《うえの》の松前屋《まつまえや》に押し入るため、寛永寺《かんえいじ》坂下門外の空き家に集まっております。その数、およそ二十――」

漸く呼吸が整ったのか、恵吾はひと息に告げた。

「おのれ、賊ども。既に使い走りの佐太郎《さたろう》が我らに捕らわれ、計画の粗方《あらかた》は白状したとも知らず、愚かなことよ」

「あまつさえ、お頭を襲うとは、あきれたものでございます」

「この儂が、あれしきの酒で前後不覚に陥るとでも思うたか。鬼源も、甘く見られたものよのう」

松房は短く声をたてて笑い、だが、すぐ真顔に戻った。

「すまぬ、三蔵兄、儂はこれより、賊の捕縛に向かわねばならぬ」

「ああ、気をつけてな」

「今宵は久々に酒を酌むことができて楽しゅうござった。…何《いず》れ、また」

正寔に向かって一礼すると、松房はそのまま踵《きびす》を返し、恵吾を促して走り出す。

(これから上野に行くのか)

若者と並んでも少しもひけを取らぬその若々しい走りざまを見送りながら、正寔はぼんやり思った。

（刺客《しかく》に狙われていると承知の上で、あえて大酒をくらったのか）

蕎麦屋での大袈裟な酔態は、自分をつけ狙っている者に向けての芝居だったのだろう。泥酔していると思わせ、敢えて自分を襲わせるための――。

押し込みの前に火盗の頭を殺せば、火盗の力は半減し、蓋《けだ》し計画もやりやすくなろうと考えた盗賊一味は、矢張り浅はかであった。

鬼源太こと、火盗改の頭・横田松房は、その計画を逆手《さかて》に取ったのだ。

神田橋あたりの蕎麦屋で飲んで酔態を演じてみせるのは、おそらく松房の当初からの計略だった。そこにたまたま正寔が現れて、計画をより完全なものにしてくれた。

独《ひと》り酒の果てに泥酔するよりも、連れがいたほうがずっと説得力がある。それも、旧知の友であるなら、猶更《なおさら》だ。

（なんだ。利用されたのは、結局俺のほうか）

すべてを理解したとき、正寔はただ苦笑するしかなかった。

（《松虫》の陣五郎、と言ったか？）

名前は不思議と頭に残る。

（盗っ人祝言をあげたのは、存外そやつらかもしれんな）

寧ろ、そうであってくれればよい、と正寔は思った。

第三話　新たな敵

一

それからまもなく、花川戸に住む大工の棟梁・吉五郎が、柘植家を訪れた。

「申し訳ございやせんッ、殿様」

いつもどおり、正寔の居室の縁先に通されるや否や、吉五郎はいきなりその場に両手をつく。

顔色は、毒でも食らったかと思うほど真っ青で、大柄な体もひとまわり小さく見える。

「どうした、吉五郎？」

だが正寔は存外冷静な口調で吉五郎に問うた。

「殿様、どうかあっしを、お手討ちにしてくださいましッ」

「何故そなたを手討ちにせねばならぬ？」

大方の予想はつくものの、まるきりなにもわからぬていで、正寔は問い返す。

「長助は……お咲の許婚者《いいなずけ》の長助は、先日お縄になった《松虫》の陣五郎とやらいう盗賊一味の手先でございました」

「な、なにッ？」

だが、予想外の答えに、正寔は思わず目を剝《む》いた。

「それは、まことかッ」

「はい」

「俄《にわか》には信じられぬが……」

というのが、正寔の正直な感想だった。

「野郎、あっしのひいた絵図面を見るだけ見て、さっさとずらかりやがって……」

正寔の素直な驚きを受けると一層青ざめた顔になり、吉五郎は激しく唇を震わせる。

「はじめから、絵図面がめあてで、弟子入りしてきやがったんですよ、あの腐れ外道《げどう》めッ」

「本当に、盗賊の一味だったのか？」

「え？」

正寔に問い返され、吉五郎はふと目を上げて彼を見返した。

先日長助の長屋を訪れた際、彼の部屋が蛻《もぬけ》の殻《から》で、夜逃げしたかもしれないということを、もとより正寔は、吉五郎に教えていない。何日も姿を見せなければ、許婚者である娘のお咲は何《い》ず《ず》れ長助の長屋を訪ねるだろう。訪ねて、そこではじめて長助の失踪を知ったとしても、それはたんに、店賃を払えなかった者が夜逃げしたにすぎない。

にもかかわらず、長助が盗賊の一味であるということを、どうして吉五郎は知り得たのだろう。

「たとえば、長助は、盗賊に脅されるか騙《だま》されるかして、やむなくお前の絵図面を盗み見たのではないのか？　どういう経緯《いきさつ》があったかは知らぬが——」

「…………」

「だとすれば、長助もまた、気の毒な被害者ではないのか？　心ならずも、お前とお咲を裏切ってしまったのかもしれぬぞ」

「あぁ〜ぁーッ」

すると吉五郎は、不意に奇妙な大声を発し、地べたへ両手をついたまま、遂に顔まで擦《す》りつけてしまう。

「どうした、吉五郎？」

「どうか、お優しい言葉をかけねえでくださいませ、殿様」

「………」

「そんな優しいお言葉を聞いたら、こちとら未練が残っちまいます」

「なんの未練だ？」

「決まってるでしょう、この世への未練ですよ」

「もう、よせ、吉五郎。…その、長助とやらがどんな人間であったとしても、儂がお前を手討ちにする理由にはならぬぞ」

「殿様……」

「だから、長助が盗賊と決まったわけではなかろう、と言っているのだ」

「でもあの野郎は、お縄になったんでございますよ」

「それは聞いた」

「お縄になったってこたぁ、盗賊の一味ってことじゃねえですか」

「………」

「押し込みのとき、一味と一緒にお縄になって、昨日小塚原《こづかっぱら》で、死罪に……」

地べたに顔をつけたまま、遂に激しく声をあげて泣き出してしまう。

「おい、吉五郎」

「あの馬鹿野郎〜、よくもお咲を……お咲を騙しやがってぇ……」

吉五郎の声音は悲しく震える。

「お咲もお咲だ。なんだって、盗っ人なんかに惚れやがったんだぁ、おぉお〜」

大きな体をぶるぶると揺すって地に打ち伏す吉五郎を、正寔は呆気にとられて見つめているしかない。

(まさか盗賊だったとはな)

すっかり取り乱した吉五郎の様子に加えて、そのことの驚きも大きい。

(だが、だとすると、長助は、我が家に忍び入った賊とは無関係ということになる)

当然思い当たるべき事実にも、気づくまで些《いささ》か時間がかかった。

(ではあの賊は、一体どうやって我が家に忍び入ったのだ？　白河藩の上屋敷に押し入った者と同じで、邸内に内通者がいたというのか？)

気づくと忽《たちま》ち、そのことが頭の中を駆けめぐりだす。

「も…申し訳ありません、と、殿様……」

「もうよいから、顔をあげよ、吉五郎」

泣き続ける男に声をかけるが、その己の声すら、胸のどこかを虚しく通り過ぎていった。

横田屋敷の前を通ると、屍臭《ししゅう》がする、というのが、近頃ご近所で囁かれる噂である。

御先手組の組頭と兼任することの多い火盗《かとう》の頭《かしら》は、町奉行のように役宅を与えられることもなく、自邸をそっくり役宅としていることが多い。

自邸の中に、捕らえた賊の一味を押し込めるための仮牢を設け、そやつらから有力な情報を聞き出す拷問所としての責め場を設ける。

拷問が過ぎると、囚われた賊は死んでしまう。

横田松房が加役――つまり火盗の頭に任じられたのは昨年の春だ。それから一年あまり、火盗は数々の手柄をあげている。

そして、夏場に発生した屍臭は、いまなお屋敷にとどまっている。

(これは、辛かろうな)

屋敷の門前に立ったとき、改めて正寔は思った。無意識に顔を顰《しか》めているのは、噂の屍臭が、少しく感じられたためである。

なによりも酒と食を愛する正寔にとって、悪臭という邪魔者は、絶対にあってはならない禍々《まがまが》しい存在だ。

（このひどい臭いの中では、何を食べても、土塊《つちくれ》と同じだ）

あまりに悲しすぎる、と正寔は思った。

もし、邸内にそんな屍臭を湛《たた》えねばならぬのが火盗の頭の仕事なのだとしたら、自分には到底無理だとも思った。また、妻にもそんな思いはさせたくない。

（だが、源太郎はこれに堪《た》えているのか）

それを改めて感じてから、正寔は門番の一人に己の名を名乗り、松房を訪ねた。

「来てくれたのか、三蔵兄《にい》」

松房は大歓迎してくれた。

《松虫》の陣五郎という大物の盗賊とその一味を捕らえた直後であり、また、そのために、旧友の正寔を多少利用した、という負い目もある。歓迎してもらえるであろうことが、わかった上で、正寔はこの日横田家を訪れた。

「《松虫》の陣五郎一味をお縄にしたそうじゃの、源太郎。評判じゃぞ」

「いや、それは……」

松房はさすがに恥ずかしそうな顔をする。

「すまん、三蔵兄」

「なにを謝《あやま》る。お前が手柄をあげることが本当に嬉しいのだ」

「いや、三蔵兄のおかげだ」

と言ってくれる松房に、正寔は限りない愛しさをおぼえた。

心にもないお世辞であっても別にかまわない。大切なのは、そういう言葉が咄嗟《とっさ》に口をついて出ることだ。

火盗改《あらため》は過酷な仕事である。あの夜、松房が蕎麦屋で言っていたとおり、彼も彼の部下たちも、本当に、寝る間も惜しんで働いている筈だ。

先年来の大飢饉《だいききん》のせいで、江戸には地方で食い詰めた者たちが大勢流れ込んで来ている。江戸に来たからと言って、誰もが仕事にありつけるわけでも、食えるようになるわけでもない。それどころか、悪い輩《やから》に目をつけられて、有り金残らず奪われたりする。

結局手っ取り早く稼ぐには悪事に手を染めるしかなく、江戸には盗っ人や強盗が増える一方だった。

当然火盗の仕事も増える一方だ。

そんなとき、疲れきった部下たちに、やる気を出させる言葉を口にできるかどうかは、重要だ。正寔の見るところ、松房は、蓋し《けだ》部下たちにも優しい言葉をかけていることだろう。先夜の、若い同心とのやりとりからも、それは充分に窺えた。

「柘植様、お久しゅうございます」

ほどなく、松房の妻が、茶菓を運んできた。

勿論正寔とも顔見知りである。

「おいおい、三蔵兄にお茶とは、お前一体なにを考えてるんだ」

だが松房は、厳しく妻を見咎めた。

「こんなときは、酒に決まっているだろう」

「こ、これは、とんだ粗相を！」

育ちのよい妻女は忽ち襟足まで真っ赤に染めて項垂《うなだ》れる。

「いや、よいのだ、雪乃《ゆきの》殿。……こんな真っ昼間から、酒など飲むわけがないだろう。

いい加減にしろ、源太郎」

「俺が飲みたいんだよ、三蔵兄。……この前神田の蕎麦屋では、全然飲んだ気がしなかった。三蔵兄もそうだろう？」

「た、ただいま、支度いたします」

「肴《さかな》も、気の利いたものを仕出屋から届けさせろよ。…料理上手《じょうず》の絹栄殿のおかげで、三蔵兄の舌は肥えているからな」

「は、はい」

松房の妻・雪乃は、慌てて立ち上がり、すぐさま部屋外へと出て行った。名門鳥居《とりい》家の娘である雪乃は、当然自ら料理をしたことなどなかったろう。

だが、松房が火盗の頭となり、屋敷が即ち役宅となったことで、与力や同心が常在し、ときには寝泊まりすらするようになった。彼らに食事を供するのは妻の役目だ。横田家ほどの家格の旗本屋敷であれば、当然厨方《くりやかた》の使用人はいるが、なにを作るか、献立を決めて指図をするのは女主人たる雪乃である。指図する際、米をといだり芋の皮を剝いたりなど、多少の作業は手伝うかもしれない。

それで雪乃も、少しは料理ができるようになったのだろう。

だが松房は、雪乃の料理で正寔をもてなすことに不安を覚えた。

それ故の、

「仕出屋に頼め」

という発言であろう。少しはましな料理で正寔をもてなそうという、松房なりの思いやりであった。

「悪いな、源太郎」

やがて酒が出て、松房と杯《さかずき》を酌《く》んでから、正寔は言った。

「え？」

「雪乃殿に、とんだ手間をかけさせてしまった」

「なにを言うんだ、三蔵兄、これくらい、当たり前だろう」

「それは違うぞ、源太郎」

杯の酒を、舌の上でゆっくり転がすようにして正寔は味わった。恐ろしく美味《うま》い酒だったのだ。或いは雪乃は、酒屋に人を走らせ、一番上等な酒を買ってこさせたのかもしれない。自分が突然訪れたことで、余計な気を遣わせてしまったことを、正寔は内心申し訳なく思った。

「女房殿のことは、ちゃんと労《ねぎら》ってやれ。…お前の知らぬところで、存外苦労しているのだぞ」

「…………」

松房はもうそれ以上、言い返さなかった。言い返さないということは即ち、自覚しているのだろう。正寔も、それ以上その話題を口にするのはやめておく。

「ところで源太郎、一つ聞きたいことがあるのだが――」

と、漸《ようや》く正寔は本題に入った。

「先日お縄にした盗賊《松虫》の陣五郎一味の中に、長助、という男はいなかったか？」

「或いは、名も偽っていたかもしれぬが。年の頃は二十歳を幾つか過ぎたくらいか、或いはまだ十八、九くらいかもしれん。……ちょっと、いい男だそうだ」

「ああ、そりゃあ、《たらし》の長助だな」

「《たらし》の長助？」

「しかし、十八、九とは……はっはっはっはっ……こいつはいい」

言いながら、松房は堪えきれぬ様子で笑い出し、正寔は困惑する。

「あいつは、若く見えるが、今年で三十五になる男ですよ、三蔵兄」

「なに、三十五？」

正寔はさすがに目を剝いた。

（その年で、十七の小娘を口説《くど》いたのか？）

と同時に、内心呆れている。

「《たらし》の長助は、見た目も若く見えるし、なにしろ役者のような男前だ。女はコロリと騙されるんですよ」

「で、その長助は、一味には、長くいるのか？」

「いや、昔は誰とも連《つる》まず、一人で稼いでたようですね」

「一人で盗っ人働きを？」

「いや、奴は元々盗っ人ではなく、女をだまして食いものにする騙《かた》り野郎でした」

「それが何故、盗賊の一味に？」

「さすがに歳も歳だし、女を誑《たぶらか》すだけでは食っていけなくなってきたのでしょう。《松虫》の一味に入ってからは、狙ったお店の女中を誑《たら》し込んで裏口を開けさせたり、大工の棟梁の娘を誑し込んで、狙ったお店の絵図面を盗んだり……役者遊びなんかで目が肥えてる金持ちの後家は騙せなくても、お店の女中や小娘相手になら、まだまだ通用するようで――」

「なるほどのう」

正寔はすっかり感心し、松房の言葉に聞き入った。

一口に悪党と言っても、実にさまざまな種類の悪党が存在するようだ。日頃はあまり関わることのない世界の話は、正寔にとって実に興味深かった。

「それほどの色男、一度お目にかかってみたかったのう」

「では のちほど、顔を見て行かれますか？」

「え？」

「いまうちの牢におりますよ」

「既に、小塚原で獄門になったのではないのか？」

「まさか。いろいろ聞き出している最中ですよ。《松虫》の陣五郎一味は捕らえましたが、他にも賊は星の数ほどおりますので。……ああいう口の軽い奴は、少々痛めつければ、なんでも喋ってくれますからね」

「痛めつけているのか？」

「それが仕事ですからね」

「横田棒でか？」

「残念ながら、横田棒は少し前から使用禁止になりました」

恐る恐る問う正寔に、悪びれもせず松房は応える。

「禁止に？」

「ええ。ちと、死人《しびと》を出し過ぎまして……近頃の賊は軟弱で困ります」

「死人を、それほど出したのか？」

「どうせ死罪になる連中なんだから、別にかまわないと思うのですがね。……横田棒は、あまりに残酷すぎる、もう金輪際《こんりんざい》使ってはならぬと、若年寄から直々《じきじき》にお叱りをうけました」

「…………」

ちっとも懲りていない様子の松房を見て、正寔は内心呆《あき》れていた。

若年寄は、火盗改を支配する直接の上役だ。もう少し畏《おそ》れ入る様子を見せるべきなのに、寧《むし》ろ心外そうに松房は言う。

（こいつは、相変わらずだな）

正寔がはじめて会った頃は、虫も殺さぬ可憐な幼童であったが、その後長じて道場に通い出し、めきめき腕をあげるようになると、正寔も顔負けの悪童に育っていった。

或いは、本来持って生まれた気性の激しさや精神の強さが、武芸の上達とともに花開いていったのかもしれない。

書院番士としてはじめて出仕する頃には、横田松房という男の矯激《きようげき》な気性は周囲に広く知れ渡っていた。

（長らく会っていなかったので、すっかり忘れていた）

悪い男ではないし、正寔のことを兄のようにも慕ってくれているが、近づきすぎてはいけない。かつて、そう思った日の出来事を、正寔はきれいさっぱり忘れていた。

（聞くべきことは聞いた。これ以上、長居は無用だ）

と感じたときから、正寔の口は重くなった。無駄に話題を提供し、話を長びかせることを恐れたのである。

故に、あとは他愛もない世間話となった。

「ときに三蔵兄、作事奉行とは、如何なるおつとめでございます？」

ひとしきり、噂話などしたあとで、松房が問うてきた。

「え？」

「いや、三蔵兄はもう二年も務めておられる故、なにか面白きことなどあるのかと思いまして」

「面白きこと、と言われてものう……」

「城勤め故、気苦労が多かったりするのでは？」

「それは、どんなお役目でも同じだろう」

「まあ、そうですな」

松房が納得したことで、二人のあいだの会話は完全に尽きた。

それから、殆ど言葉もなく酒を酌み交わすこと、四半刻。

(しまった。帰る機会を逸してしまったな)

正寔が大いに悔いているとき、スタスタと廊下を渡ってくる足音がして、その部屋の外でピタリと止まるや否や、

「お頭」

障子の外から、ふと声がかけられる。

多少聞き覚えのある声だった。

「恵吾《けいご》か、入れ」

松房はすぐさま招じ入れる。

彼もまた、この酒座がこれ以上盛り上がらぬことを予見していたのだろう。

「ご来客中、失礼いたしまする」

と、膝立ちで障子を開けたのは、正寔も数日前に顔を見たことのある、火盗の若い同心だった。

「瓦版《かわらばん》を、持ってまいりました」

促されて障子を開けた若同心の手には、何十枚もの紙が捧げられている。

「本日のぶんでございます」

「うむ。そこへ置いていけ」

「はい」

命じられるまま、恵吾はそれらの紙の束を部屋の片隅に置き、一礼してその場を去る。

「瓦版？」

だが正寔は、それを見逃さなかった。

「本日のぶんだと言っていたな？」

「そうですが」

「毎日、集めさせているのか？」

「ええ、できる限り――」

「どうしてだ？」

「どうしてって、どんなところに、賊がひそんでいるかわからないでしょう。下々のちょっとした噂話にも、なにかが隠されているかもしれませんからね」

「天晴《あっぱ》れじゃ！」

正寔は思わず高く叫んだ。

「それでこそ、江戸の治安を護る火盗改の心がけじゃ」

「さ、三蔵兄……」

その勢いに、松房も少々戸惑う。

「で、どれくらい前のものから、とってあるのかのう？」

「どれくらいと言うて……それがしが火盗の頭となってからのものは――」

「すべて、とってあるのか？」

「ああ」

「み、見せてくれッ」

松房が肯《うなず》くのを待たず、大きく身を乗り出して、正寔は言った。

「あ…ああ」

もとより、松房に否やはない。

二

漆黒の闇から、僅かに一縷《いちる》の明かりが漏れているかのように見えた。

だがそれは、懸命に見ようと思う心があってこそ、の話だ。見えぬ者にとっては、何処まで行っても一面の闇でしかない。

村から外れた一本道の果てに、その家は建っている。間口二間ほどの、ごく普通の農家である。

「本当にあの家なのか？」

「はい」

新八郎は肯くが、明かりが漏れていないため、いまは墨を流したような闇にしか見えない。

「無人のようだぞ」

「そう見えるだけでございます」

新八郎の声音は低い。

それに、恐いほど、冷めている。それ故正寔は少しく焦った。

「だいたい、読売の版元というのは、通常もっと街中にあるものではないのか？　こんな田舎では不便ではないか。夜中から明け方にかけて刷りあげ、朝早くから売り歩くものだろう」

「名のある商家の内情——息子や娘の色恋沙汰人など、人には知られたくないような話ばかりをネタにして、多くの者の恨みを買っているため、仕返しを恐れて転々としているようです」

「…………」

「それに、無人の如く見えるのは、明かりが外に漏れぬようにしているからでございます」

「そうなのか？」

「黒い布で、窓や出入口を覆っているのです。そうすれば明かりが外に漏れず、恰《あたか》も無人であるかのように見せかけられます」

「ふうむ、そこまで徹底しているのか」

「人の恨みは恐ろしいものでございます故」

少しも情のこもらぬ新八郎の言葉を右から左へ聞き流しながら、だが正寔は、本来の目的よりも、何故近頃の新八郎がそんなふうなのか、そのことばかりを考えていた。

確かに彼は、この数年のうちに、江戸に来たばかりの頃とは別人の如く有能になった。まるで、田舎から持ってきた誠意や善意と引き替えにしたのではないか、と疑いたくなるほどだ。

「で、間違いないのだろうな？」

正寔が念を押すと、

「殿から仰せつかりましたとおり、あの記事の版元を捜し出しました」

少しく困惑顔で、新八郎は応えた。

その困惑がわからぬ正寔ではない。元々、無茶な命令だった。それでも、新八郎は黙々とそれに応じてくれた。

たまたま横田松房の屋敷を訪ねたために、その瓦版を見つけることができた。

非業の死を遂げた田沼山城守意知《おきとも》の霊がいまなお江戸城内にとどまり、将軍家に仇《あだ》を為《な》している、という意味のことを面白可笑《おか》しく書きたてた瓦版である。

そこから、新八郎は数日のうちにその読売の版元を捜し出したのだ。

そのことだけでも充分褒められていい。

それなのに主人は、

「間違いないのか？」

などと、見当違いのことを問うてくる。

「念を押されるのはお門違いです」

喉元まで出かかる言葉を、新八郎が辛うじて呑み込んでいたとしても、それは仕方ないことだろう。

それ故、

「どんな奴だ？」

正寔は思いきって、話題を変えた。

「え？」

当然新八郎は面食らう。

「版元の親玉だよ」

「それは…わかりません」

少し首を捻ってから、

「一人ではありませぬ故、どの者が首領かはわかりかねます」

変わらぬ口調で新八郎は応えた。

「そ…うか」

「はい。読売をしている本人以外にも、ネタを仕入れて来る者が三〜四人はおります。

進んで協力しているのか、金目当てなのか定かではありませぬが」

「そやつらも、いま中にいるのか？」

「夕刻、三人が戻ってきて、出て行った様子はありませんので、はじめからいた者と
併せて、おそらく中には四人はおりますかと――」

「四人か」

「はい」

新八郎が肯いたことで、正寔はしばし逡巡《しゅんじゅん》した。

その四人が、四人とも手練れの忍びであったとすれば、少々厄介だ。

「その者共、忍びだと思うか？」

「さあ…どちらとも言えませぬ」

だが、新八郎が歯切れの悪い返答しかできぬことを、正寔は咎める気にはなれなか

った。

実際、見た目だけで、忍びかどうかを見極めるのは、難しい。優れた忍びであればあるほど、己の正体を巧みに隠すものだ。

「まあ、行ってみるか」

正寔はゆっくりと腰を上げた。

新八郎は応えなかった。

応えぬことこそ合図と受け取り、正寔はその家に向かって歩き出す。明かりが漏れていないので、群雲《むらくも》に覆われた淡い月明かりを頼りに行くしかない。

新八郎は心得ていて、無言で正寔の先に立つ。正寔もそこそこ夜目はきくが、平坦ではない田舎道を歩くのは新八郎のほうが慣れているだろう。新八郎は、正寔が小石や切り株に躓《つまず》かぬよう上手《うま》くそれらを避け、正寔を先導した。

だが、まだ数歩も行かぬうちに、

「お待ちください、殿」

新八郎は足を止めた。

と同時に正寔の袖を摑み、かなり強引に引き止める。

「なんだ?」

正寔は新八郎のその反応にこそ驚いた。

「妙でございます」

新八郎の面上にはかつてない緊張が漲《みなぎ》っているようであった。

「なにがだ？」

「少しも気配がいたしません」

「なに？　気配とは、家の中の気配のことか？」

「おかしゅうございます」

「お前には、ここから家の中の気配が感じられるのか？」

正寔はそのことに更に驚く。

「…………」

だが新八郎は応えず、無言で虚空を睨んでいる。

気配を、探っているのであろう。

そしてなにかを察したらしい。

「しばし、これにてお待ちを――」

言うなり新八郎は跳ぶように走ると、その農家の軒下を目指して行った。

だが、そこから中に入ろうなどとはせず、家の裏手に、まわり込む。

（なんだ？）

待てと言われて、その場で待てるほど、正寔は素直な気性ではない。新八郎には易々と察せられた異変が、自分にはなにも感じられなかったことも、悔しくてならない。

それで、足音を殺してヒタヒタと近づいた。

がだッ、

不意に、家の中から大きな物音がした。

驚く暇もなく、凄い勢いで戸板を破り、中から飛び出して来る者がある。

「うわッ」

正寔は驚いて大きく跳び退《の》く。跳び退きつつ、

「待て」

いましも走り去らんとするその黒い人影を、咄嗟に呼び止めた。だが、

「お待ちくださるよう、申しましたのに……」

その黒い影が新八郎だと正寔が気づいたのは、一瞬後のことである。

「え？」

新八郎は別人のような荒々しい殺気を放ちながら、正寔を見返していた。

（こやつ——）

殺されるのではないか、と錯覚した。

「どうしたのだ、新八？」

「中に、誰かいます」

「そ、そうか……」

「それも、恐ろしいほどの使い手でございます」

（なにを言ってるんだ、こいつは）

正寔は新八郎の正気を疑った。

中に誰かいることは、もとより承知の上である。その誰かが使い手であると知ったからといって、今更これほど狼狽《うろた》える必要があるのだろうか。

「いえ、殿、そうではなくて……」

正寔の誤解を察した新八郎が、言いかけた次の瞬間、

「なにをしているのじゃ、新八郎ッ。貴様、こんなところで、一体なにをしておるッ」

耳に馴染みの怒鳴り声が、あたりの静けさをうち破り、凍えそうな夜の空気を瞬時に震撼させた。

「六兵衛？」

訝《いぶか》りつつ、正寔は新八郎が蹴破った入口から、恐る恐る中を窺う。

「六兵衛か？」

「若ッ！」

その途端、闇の中から転がり出た六兵衛が、正寔の足下に跪《ひざまず》いた。

「え？」

驚きつつも、正寔は闇に目をこらす。

「本当に、六兵衛か？」

「何故若がここに？」

六兵衛も正寔も、ともに互いの顔を見て、茫然と立ち尽くす。

「それはこっちの台詞《せりふ》だ、六兵衛。何故お前がここにおる？」

「何故と言うて、それがしは、若のお言いつけで、例の刺客《しかく》の身元を調べに行っておりまして……」

「それはわかっているが……」

「親爺《おやじ》様……」

新八郎の低い呟きが、やや遅れて闇に響く。

彼が異様に緊張していたのは、或いは中にいるのが六兵衛だと薄々察したからかもしれない。伊賀の長老である口うるさい老爺《ろうや》のことが、新八郎はいまでも苦手なのである。

しかも、七十を幾つか過ぎた老爺に、忍びの術では未だにかなわない。

「血の匂いがいたしますな」

「ああ、四人とも死んでおる」

六兵衛は事も無げに新八郎に応え、正寔は目を凝らして家の中を見た。そろそろ闇に目が慣れつつある。

入口から奥まで続く広い土間に、四つの死体が転がっていることははっきり見てとれた。得物を手にしていないところをみると、無抵抗のまま一刀のもとに斬られたようだ。

その何者かから逃れようと必死に藻掻《もが》き、ともに縺《もつ》れ合って倒れた様子が、折り重なった死体のさまからも、易々と察せられた。

「お前がやったのか、六兵衛？」

ごく自然に、正寔は問うた。だが、

「いいえ！」

六兵衛は即座に否定する。

「それがしがまいりましたときには、既にこのような有様に……」

「では新八か？」

「それがしが裏口から中を窺ったとき、中にいたのは親爺様お一人でした」

「儂がこの家に入りましたときには、既にこの者たちは息をしておりませんでした」

「だが、お前は、どうしてここに来たのだ、六兵衛？」

「さて、そのことでございまするが……」

言いかけて、だが六兵衛はすぐに口籠《くちご》もった。

「そのお話、長くなるようでしたら、場所を変えたほうがよろしいかと――」

新八郎がすかさず進言したとき、やや遅れて、正寔にもその理由がわかった。六兵衛の耳にも新八郎の耳にも、はっきりと聞こえていたのだ、こちらに近づきつつある大勢の足音が――。

(二人三人……いや、五人はいるか？)

二人に遅れることしばし。

正寔の耳にも、それが聞こえる。

(こんな時刻に、一体なんだ？)

疑問に思いつつも、正寔は促されるまま、その場を離れた。

四人の死体と、濃厚に漂う血の香から離れてしばし、近づく者たちの気配を窺う。

「間違いねえのか？　本当にこの先に家なんてあるのかよ？」

「間違いねえよ。昼間一度来て、確かめたんだからな」

「あの糞読売野郎ッ、今度こそ、ただじゃおかねえ」

「ひとのまわりをこそこそかぎまわりやがって！」

「あの野郎、ぶっ殺してやる」

穏やかならぬことを口々に言い合いながら、五人の男たちはやって来る。

言葉つきを聞く限り、破落戸《ごろつき》、与太者《よたもの》の類《たぐい》であろう。或いは、瓦版に、あることないこと書きたてられた者たちの報復か。

（あの四人を殺ったのも、そういう連中かな？）

チラッと思ったが、正寔はすぐにその考えを自ら打ち消した。

傷口まで詳しく調べたわけではないが、すべて一撃で命を奪っていることは明らかだ。破落戸や与太者にでき得る芸当ではなかった。

三

江戸を出た六兵衛が先ず向かったのは、伊賀の里に住む旧知の鍛冶《かじ》職人のところであった。

表向きは、百姓の使う鋤《すき》や鍬《くわ》を作っている村の鍛冶屋だが、実は密かに忍び刀を鍛えている。その切れ味は凄まじく、鎧の上からでも人が斬殺できたという戦国刀もかくやとばかりだ。

五十年来、六兵衛の得物を作ってくれていた。

「ふうむ……」

「どうじゃ、見覚えはあるか？」

「ないのう」

六兵衛が見せた刀——先日柘植家に侵入した賊が持っていた得物を矯《た》めつ眇《すが》めつ、じっくりと観察した旧友の鍛冶屋・孫七《まごしち》は言った。齢七十二。六兵衛とは同い年の幼馴染みでもある。

「伊賀者の使う忍び刀ではないようじゃな」

「そうなのか？」

「かといって、甲賀の者が使うものとも、少し違うようじゃ。…ふうん、はじめて見る刀じゃ。不思議な形をしておる」

「最近の若い奴らが好んで使うものではないのか？　近頃は、得物にも流行《はや》り廃《すた》りがあるようじゃ」

「かもしれんが、儂にはよくわからん。儂はこの十年、お前の得物しか鍛えていない」

「そうなのか？」

「ああ、まるで注文がない。毎日、鋤や鍬ばかり作っとるわ」

「さては口喧《くちやかま》しいジジイだから、若いのに嫌われたのだろう」

「よく言うわ。……近頃の若い奴が、忍びになりたがるか」

「それもそうだな」

孫七の言葉に、六兵衛は容易《たやす》く同意した。

近頃——といっても、六兵衛の知る限りずっとそうだが、里に生まれ育った若者で、自ら進んで修行をし、忍びになろうなどと思う者は少ない。新八郎のような者はむしろ稀《まれ》なのだ。その新八郎とて、忍びになれば江戸の柘植家に仕えることができると思い、江戸に行きたい一心で忍びになったのだろう。

「しかし、これは危険な得物じゃな」

なお忍び刀を調べていた孫七が、ふと呟く。

「伊賀者の刀とはそんなに違うのか？」

「切っ尖の長さを見ろ。伊賀者の刀より五寸も長い」

「五寸？」

「わからぬか？　鎬《しのぎ》を削る激しい戦いとなったとき、五寸の差は大きいぞ」

「確かにのう。五寸早く急所に達すれば、確実に命を奪える」

「えげつない得物じゃ。……柄《つか》にも細工がしてある。柄の中に、刃が一尺も隠されているんじゃ」

「なに、一尺も？」

六兵衛はさすがに目を剝いた。

「そんなことが可能なのか？」

「実際に、できている。力をこめて思いきり振り下ろすと、隠し刃が飛び出す仕掛けよ。こんなものを使われては、かなわんのう」

「ああ、かなわんな」

六兵衛は同意した。

そんな危険な得物を手にした刺客に狙われ、正寔はよく助かったものだ。あのとき咄嗟に槍を手にしたその判断力こそ、なによりも自らの命を守ろうとする忍び修行の賜物だろう。六兵衛は、内心胸を撫で下ろしている。

「だが、待てよ。…昔、これに似たものは見た覚えがあるぞ」

孫七はふと首を捻った。

「ほ、本当かッ」

「うん…あれはいつだったか……」

孫七は遠い目をして虚空を睨んだ。

六兵衛は固唾《かたず》を呑んで彼の記憶が甦《よみがえ》るのを待つ。

「そうだ。いまから三十年以上前のことになる。…ちょうど、八代様《はちだい》がお亡くなりになられた頃じゃったか」

「八代様が？　確かか？」

「うん、ちょうどその頃、紀州《きしゅう》の連中が派手に動きまわっておってのう」

「御庭番か？」

「紀州ではいまでも薬込役《くすりごめやく》と呼ばれているようだ」

「江戸で何事か異変があったのだろうな。伊賀の里も何者かに襲われ、多くの者が命を落とした。お前も、話くらい聞いているだろう、六兵衛」

「ああ、そう言えば、思い出した。伊賀の里でも、二つの村が、殆ど全滅だったそうだな。ひどい話じゃ」

「そのとき里を襲った者が用いていた得物が、これとよく似ているんじゃ」

「まことか?」

「ああ」

「では、これは御庭番の用いる得物なのか?」

「わからん」

「おい、孫七」

「考えてもみよ。あれから、三十年以上もときが経っておる。……ひと口に御庭番と言うても、同じ一つ腹ということはあるまい」

孫七は、長年農村の村鍛冶として過ごしてきたとは思えぬ鋭い口調で言い、六兵衛を驚かせた。六兵衛と孫七は同い年。六兵衛が往時と変わらぬ体技をいまなお駆使できるのと同様、孫七の鍛冶の腕もその眼力も衰えてはいない。

「つまり、御庭番衆の中でも、幾つかの流派に分かれたということか?」

「そもそも、紀州の薬込役が、八代様とともに江戸にあがった時点で、紀州薬込役と江戸薬込役の二つに分かれておろうが」

「なるほど」

そこまで言われれば、六兵衛も合点する。

吉宗とともに江戸城に入った薬込役は御庭番と呼ばれる将軍警護及び、情報収集の任に就いたが、すべての薬込役が江戸に同行したわけではない。紀州に残った者たちもあるだろう。

或いは、吉宗が、長子以外の己の子たちに、田安《たやす》・一橋という別家を立てさせた際にも、それぞれの御家を護るため、各家に御庭番が配されたかもしれない。

かつて忍びの二大勢力であった伊賀と甲賀の者たちは、戦国の世が去り、徳川によって太平の世がもたらされたときから、じり貧に本来の役目を失った。

必要とされていない以上、その数は減り、やがて滅びていくしかない。六兵衛のような上忍の家系で、歴とした主家を持つ者であれば代々貴重な技を伝えてもいこうが、仕える主家もないとなれば、最早わざを伝える必要はない。苦労して伝えても、太平の世にあっては、なんの役にたつかもわからない。

それ故、伊賀も甲賀も、次第に数を減らしていった。

一方、需要があれば自然とその数は増える。

いまや、忍びといえば、御庭番に代表される紀州の薬込役の末裔が、その殆どであった。


六兵衛は直ちに紀州へ向かった。

得物が紀州出身の御庭番のものであるとすれば、兎《と》に角《かく》紀州になんらかの手がかりがある筈だ。

もとより七十年も生きていれば、紀州にも多少の伝《つて》がある。

行商人の姿で紀伊和歌山の城下に入ると、「南紀屋《なんきや》」という小さな旅籠《はたご》を訪れた。

旅籠の主人の名は、源次《げんじ》と言う。その齢《よわい》五十三。六兵衛にとっては息子のような年齢だ。

「久しいのう、源次」

「これは、六兵衛殿」

自ら帳場に座っていた源次は、六兵衛を見ると忽《たちま》ち相好《そうごう》をくずして出迎えた。

源次は、何代も前にこの地へ送り込まれた伊賀者の末裔である。

忍びとしての技術はなにも教えられていないが、その存在意義だけは代々伝え聞いている。即ち、伊賀者がその地で行動する際の、拠点になる、ということだ。そういう伊賀者の宿を、六兵衛は何年かに一度、訪れるようにしていた。いざというときのための布石である。

「なにか、ございましたか？」

「いや、なにもない。ただの物見遊山じゃよ」

気さくな好々爺《こうこうや》の顔で言い、六兵衛は真実を告げなかった。

元は伊賀者だといっても、長くその土地に住めば、土地の者との柵《しがらみ》も生じる。その柵故に、寝返ってしまう者は少なくない。だが、彼らの寝返りを、責めることはできない。生きていくためには、それが賢い選択なのだ。

それ故六兵衛は、仮に源次がそうなっていたとしても、仕方のないことだと諦めていた。

源次の家は、和歌山《わかやま》に根をはって既《すで》に三代目だ。最早己が伊賀者だなどという自覚はあるまい。

それでも六兵衛を快く迎えてくれるのは、父の代からの古い知り合いであるからに相違ない。つまりは、遠方に暮らす親類縁者のような感覚だ。それだけでも、充分にありがたい。

「しばらく、逗留させてもらってもよいかのう？」

「勿論でございます」

南紀屋に腰を据えて、しばし紀州藩を探るつもりであった。

南紀屋に一泊したその翌日、六兵衛は和歌山の城下の鍛冶屋を訪ねた。

城下町であるから、当然刀鍛冶が多い。

六兵衛はそれらを一軒一軒訪ね、例の忍び刀を見せた。

「いえ、こちらで作られたものではありませぬ」

「見たこともございませんなぁ」

鍛冶屋たちの答えは同じだった。

（それはそうだろう）

と六兵衛も半ば納得している。

侍の刀を作る刀鍛冶が、忍び刀など作るとは思えない。忍び刀を作るのは、寧ろ、

孫七のような百姓道具を作る鍛冶屋だ。

（ご城下ではやはり無理か）

その日一日で城下じゅうの鍛冶屋をすべてまわり終えた六兵衛は為すこともなくな

り、そのまま城下を散策した。

城下のはずれの古寺までくると、ぼんやりその境内に入る。

そこで、意外な光景に出くわした。

二人の武士が、互いに白刃を抜き連れ、対峙している。

切っ尖を、ピタリと相手に向けているところをみると、果たし合いに相違あるまい。

互いに、相手を睨んだ目の中に、激しい瞋恚《しんい》の焔が燃えていた。ともに、二十代半ばと見える若侍だ。

だが服装はまるで違っていて、一方は高級な綸子《りんず》の紋服、一方は粗末な木綿《もめん》衣によれよれの汚れ袴《はかま》をつけている。

「よくぞまいった、七之進《しちのしん》。てっきり、臆して逃げるものと思うていたぞ」

綸子を身につけた若様風の武士が嘲笑《あざわら》う口調で言い、

「それはこっちの台詞《せりふ》だ、万次郎《まんじろう》。家老の子だからと言って、容赦はせぬッ」

粗末な着物の武士も負けずに言い返した。

「黙れ、足軽風情がぁッ」

「そっちこそ、家老の子と言うても、所詮賤《しょせんいや》しい端《はし》た女《め》の子であろう」

「うぬぅ、よくも……その暴言、あの世で後悔するがいいッ」

「あの世にいくのは、うぬのほうだッ」

「おのれ！」

「貴様ッ！」

一頻《ひとしき》り、悪口をほざき合ってから、二人はともに正眼に構え、ジワジワと間合いを詰めてゆく。

本堂の陰に素早く身を隠した六兵衛は、固唾《かたず》を呑んでそれを見守った。

道場で正式な剣術を学んだ経験はないが、多くの修羅場を踏んでいるため、彼らがどの程度の腕前なのかは、その構えと足の運びを見ただけでもよくわかる。

(どっちも、たいしたことないわい)

六兵衛は内心呆れていた。

どちらかの腕が優《まさ》っていれば、勝負は一瞬のうちにつく。だが、なまじ実力が拮抗《きっこう》しているがために、二合《ごう》三合と打ち合ってはともに蹌踉《よろ》け、再び間合いをとる。

なんとも気の抜けたような鍔迫《つばぜ》り合いであった。

(これじゃ、明日までかかっても勝負はつかんぞ)

六兵衛が思ったとき、思いがけぬことで勝負が決した。

七之進と呼ばれた粗末な着物の武士が、不意に顔を歪め、刀を上段に構えたまま、ピタリと動きを止めたのだ。次の瞬間、家老の息子は彼に向かって刀を振り下ろす。無防備な七之進の左肩から右脇腹を、万次郎の手にした刀が容赦なく斬り裂いた。

「ぐはぁッ」

七之進は、刀を手にしたまま、前のめりにバタリと倒れた。

「ぐふぅ……」

苦しげに呻《うめ》いたその背を、家老の息子は荒々しく踏みしだく。

「心得たか、慮外者めッ」

傲慢な万次郎の足の下で、七之進はピクとも動かなくなった。絶命したのであろう。だが、そのとき六兵衛の目は確かにとらえた。七之進の命を奪ったのは、万次郎の剣ではない。七之進の背後の杉の幹陰に潜んだ者が、そのとき吹き矢を放ったのだ。

長さ二〜三寸ほどの小さな矢は、過《あやま》たず、七之進の項《うなじ》に命中した。

矢の尖《さき》には、おそらく毒が塗ってあった筈だ。それも、瞬時に人の五体を痺れさせるほどの猛毒が——。

「やりましたね、万次郎様」

幹陰に潜んでいた者が下卑《げび》た笑いを満面に浮かべて姿を現す。

年の頃は四十前後。茶弁慶の着流しの裾《すそ》をからげた、与太者風の男である。毒吹き矢を放って七之進の動きを封じたのは間違いなくその男だった。

(こやつ――)

その男が、忍びであることは明らかだった。吹き矢などというものは、通常堅気《かたぎ》の者が用いる得物ではないからだ。

「お約束のものを――」

「わかっている」

万次郎は汚れた刀身を懐紙に拭って鞘に戻すと、懐から小さな黒い袱紗《ふくさ》包みを取り出し、そいつに手渡した。

「どうも」

その男は、チラッと包みの中を確かめてすぐ袂《たもと》に仕舞い込み、

「これで、高木屋《たかぎや》のおゆうさんは、若様のものですよ」

並びの悪い歯を見せてニヤリと笑った。

たったいま目撃した、胸糞の悪い光景と同様、心底胸糞の悪い笑顔であった。

「そんなことより、この件は――」

「わかってますよ。ご心配なく。……実はお頭《かしら》に呼ばれてまして、明日江戸に発ちます」

「江戸に？」

「ええ、暫《しばら》くこちらのご城下には戻りませんや。……おいらが戻ってくる頃には、若はおゆうさんにお子を産ませてますよ」

「ああ、ご苦労だったな」

万次郎の尊大な態度は、見ているだけでムカムカしたが、その男は慣れているのだろう。軽く万次郎に一礼すると、周囲に素早く目を配ってから、すぐにその場を立ち去った。

六兵衛は反射的に身を翻《ひるがえ》すと、その男のあとを追った。

和歌山の城下ではじめて出会《でくわ》した忍びらしき男である。しかも、江戸へ行くと言う。ここでこの男のあとを尾行《つ》けねば、遙々《はるばる》紀州へ来た意味がない。

何故その男がそうだと思ったのか。

すべては、忍びの勘、というよりほかはない。

六兵衛はその日からその男ににピタリと貼り付き、片時も離れることなく、あとを尾行けた。

その後も、数々の紆余曲折《うよきょくせつ》があった。

四

「だが六兵衛、そちが江戸を発《た》ってから、まだ一月《ひとつき》と経ってはおらぬぞ」

六兵衛の話を一頻《ひとしき》り聞き終えた正寔は、まるで苦情を述べるような口調で言った。

なにしろ、以前彼に用を言いつけた際、旅立ってから江戸に戻るまで、一年以上かかったこともある。

「数々の紆余曲折があったにしては、些か早過ぎるではないか」

六兵衛が江戸を発ってから、それほどの紆余曲折を経て再び江戸に——亀戸村に戻るまで一月どころか、実に半月ほどしか経っていないのだ。

「なのにそちは、何故これほど早く、江戸に戻れたのだ？」

「これはしたり」

ここぞとばかりに胸を張り、六兵衛は言った。

「なにも不思議はございませぬぞ。我ら忍びは、十里の道も、四半刻のあいだに駆けられるのでござるよ。半月のあいだに江戸と紀州を往復できたとしても不思議はござらぬ」

「………」

正寔には返す言葉がなかった。

それ故六兵衛は得意気であるが、正寔が問いたいのは、そういうことではない。

「その者を追って江戸に入り、そして今宵、あの亀戸村の農家に導かれたということだが、だいたいその者とは何者なのだ？」

「それはわかりかねます」

「何故その者を追えばよいと思うたのじゃ？」

「それは、その者が紀州の薬込役で、なにやら密命を帯びて江戸に行くかと見えたからでございます」

「それで、その者は江戸に着いて先ずどこへ向かった？」

「ですから、亀戸村のあの家に……」

（絶対に、違うな）

正寔は確信している。

「その前に、何処かに立ち寄ったであろう？」

「いえ、どこにも立ち寄ってはおりませぬ」

「いや、立ち寄った筈だ。思い出せ」

「と言われましても……」

気難しげな顔つきで六兵衛は応じ、眉間に皺を寄せて懸命に思案するが、どうにも心許《こころもと》ない。

（確かに六兵衛は、その者を追って江戸に戻ったのだろう。だが、何処かで不手際が生じたのだ）

正寔が確信したのには、わけがある。

六兵衛の言葉どおりであれば、紀州から密命を帯びて江戸に来たというその者の密命とは、亀戸村の農家に潜む読売の一味を殺すことだった、ということになる。江戸には江戸の薬込役——御庭番もいるのだから、その役目は江戸の御庭番が担えばよい。わざわざ紀州から呼びつける必要はないのだ。

また、急に呼びつけられた者が、迷わず真っ直ぐ、目的地へ赴《おもむ》き、暗殺を果たすとも思えない。

でありながら、六兵衛が今日、亀戸村に現れ、読売の者たちが殺されたのは、六兵衛の尾行けてきた者が、何処かで別の者と入れ替わったからにほかなるまい。

「長旅のあとだ。旅籠なり茶屋なりに立ち寄ったのではないか？」

「おお、それでしたら、確かに——」

正寔に指摘されると、六兵衛は忽ち手を打った。

「品川の岡場所で女郎を買い、そのあと飯屋で飯を食っておりました」

明るい表情と声音で六兵衛は言ったが、

(そんな大事なことを、何故いままで思い出さぬのだ)

正寔は内心苛立《いらだ》った。

忍びとしては一流の技を誇りながら、何故こうも気働きが足りないのだろう。

(おそらく女郎屋で入れ替わったのだろう)

と、正寔は確信した。

或いは、六兵衛の尾行にも気づいていたかもしれない。

「いや、それだけは絶対にあり得ませぬ」

と六兵衛は断固言い張ったが、入れ替わりに気づかなかった時点で、その言葉が信用に値しないことは明らかだった。

「で、品川のなんという見世《みせ》だ？」

正寔は訊ねた。

「え？」

「その者が入った岡場所だ」

「はて、なんと言いましたか？……いえ、場所ははっきり覚えておりますが、見世の名までは……」

「場所は覚えているのだな？　では、明日新八をそこへ連れて行け」

「新八郎をでございますか？」

六兵衛は腑に落ちぬ顔をするが、その察しの悪さがまた、正寔を苛立たせる。

背後に控えた新八郎のほうは瞬時に正寔の意図を察したらしく、僅かに目をあげ、正寔を見たというのに。

(或いは、その見世が丸ごと、御庭番の隠れ家かもしれぬ)

正寔と新八郎とは、ともにそのとき、同じことを心で思った。

読売たちが殺されたのは、彼らの口を塞ぐ目的に相違あるまい。瓦版に悪口を書かれた者の仕返しにしてはやりすぎだし、手際がよすぎて素人《しろうと》の仕業《しわざ》とは思えない。

そして、口を塞がれねばならなかった理由は即ち、故田沼山城守が上様を祟っている、との読売記事だ。彼らに記事を書かせ、江戸じゅうに売り歩かせた者がいる。

そいつは、風説を江戸じゅうにばらまく目的を達すると、そのための道具として用いた読売たちが邪魔になった。

それ故、六兵衛が紀州から追ってきた者が読売殺しに関与していて、しかも御庭番であると判明すれば、定信からの依頼はほぼ完遂だ。

ただ、読売殺しだけでなく、定信に刺客を放った者の正体が紀州発の御庭番であった場合、話は相当厄介なことになるが。

「ともあれ、紀州家があやしいと知った時点で、江戸に戻ったのは正しい選択だ」

六兵衛の労をねぎらう意味で、正寔は言った。

「紀州公は参勤中で、いまは江戸におられる」

言いながら、少々――いや、かなり気が遠くなった。

（よりによって、御三家が相手とは……俺にはあまりに荷が重すぎるぞ）

目の前の燭《しょく》の灯が揺らいで見えるほどの眩暈《めまい》を覚えたとき、

「殿様？」

障子の外から、絹栄がひっそりと呼びかけてきた。

「なんだ？」

長い裾が廊下を滑る衣擦れに気づかなかったのは、正寔にしては不覚である。

「六兵衛が帰ってきたのではありませぬか？」

「あ、ああ、帰っているが……」

屋敷に戻ったとき、最早夜も更けていたため、誰の手も煩《わずら》わせまいと、正寔もまた、六兵衛や新八郎と同じ方法で屋敷に入り、そっと己の居間に入った。

絹栄は既に休んでいたと思うが、持ち前の勘の鋭さで目を覚ましてしまったのだろう。

「夜通し歩いて、お腹がすいているのではありませぬか？　お夜食を用意しようと思いますが」

「ああ、頼む。…酒もな」

付け足したあとのほうの言葉は、かなり控え目な語調となった。

「はい」

可愛らしい返事とともに、衣擦れの音が去るのを、今度はしっかり聞いていた。

「こんな時刻に、奥方様にご迷惑をおかけするとは……」

六兵衛はすっかり恐縮している。

「かまわん。俺も飲みたい気分なのだ。それに、新八も腹が減っていよう」

六兵衛が何故それほど絹栄を恐れるのか、今夜こそ訊ねてみようかと、正寔は思った。そんなことで気を紛らわさねば、到底寝つけそうになかったからだ。

五

翌日正寔は、赤坂《あかさか》御門から登城した。

赤坂御門を入ってすぐ左手に紀州家の上屋敷がある。外から一瞥《いちべつ》したからといって、なにがわかるということもないのだが、一応見ておこうと思うのが人情だろう。

(しかし、紀州藩が黒幕とすれば、俺の出る幕などないではないか)

心中密かに泣き言を漏らしながら、正寔はしばし足を止め、紀州屋敷を眺めていた。

無意識に後退し、道端の辻行灯《つじあんどん》の陰に身を寄せる。

門が開いて、中から、豪奢な女乗物が出て来たのだ。

ときは既に四ツを過ぎている。屋敷から乗物が出て来たとしても、さほど奇異な光景ではない。

御三家の御簾中《ごれんじゅう》も、日々有閑《ゆうかん》なのだ。

寺に詣《もう》でるか芝居でも見物するか、或いは眺めのよいお庭かそこらの野山でも散策するか。ゆるされた物見遊山の選択肢は、せいぜいそれくらいだ。

(そういえば、紀州家の御簾中というのは……)

だ。

正寔は忽然《こつぜん》と思い出した。

女乗物は、目つきの鋭い御殿女中に脇を守られながら、御門の外へと出て行くようだ。

(越中守殿の実の妹御《いもうとご》ではなかったか?)

何処ともなく去りゆく女乗物をぼんやり見送りながら、正寔は思った。

(待てよ)

あの女中は相当武芸の心得があるな、と思う一方で、ふと思い出すことがある。

(名は失念したが、その御簾中、確か、当代様の御養女ではなかったか?)

ここまで揃うと、さすがに偶然とは思えなくなってくる。

(なんだか、すごく気分が悪くなってきた)

悪寒を堪《こら》えつつ、正寔は紀州屋敷の前を通り過ぎた。

諏訪坂《すわざか》を登り、あとは一途に半蔵門《はんぞうもん》を目指す。作事方の役所なら、本来神田橋《かんだばし》御門、或いは常盤橋《ときわばし》御門から入るのが最も近い。半蔵門からでは最も遠いのだが、この際仕方なかった。

(とにかく、行かねば)

正寔は無意識に足を速めた。

いまは一刻も早く、己の職場に辿り着くべきであると考えたのだ。

奉行の部屋に入り、文机の前に座した早々、

「お奉行様」

水嶋忠右衛門が、難しい顔で入ってきた。

黒い蒔絵《まきえ》の文箱を手にしており、文箱の中には当然一枚の書面が収められている。

「なんだ？」

と問いかける正寔に、忠右衛門は恭《うやうや》しく文箱を差し出す。

正寔は仕方なく、文箱の中の書面を手に取った。

「休んでいるあいだに、また懸案書がたまっているだろう？　何故この一枚だけ特別扱いするのだ？」

と言うまでもなく、傍《かたわ》らの文机の上には、かなりの枚数の懸案書が積まれている。

「取り急ぎ、こちらをご裁可いただきたいからです」

「一体何事だ？」

不審がりながらも、正寔はその書面に目を落とす。

「一ツ橋《ひとつばし》御門の普請願い？……何故急に、一ツ橋御門の普請を？」

「昨夜、一ツ橋御門内の火の見櫓《やぐら》が燃えたのでございます」

「なんだと？」

正寔は怪訝な顔をした。

そんな報告は受けていない。

「小火《ぼや》でございました故――」

「小火ならば――」

と言いかけて、だが正寔はすぐに表情を引き締めた。

城を固める内堀にかかる門の一つである一ツ橋御門に不備があれば、ご城内の安全にも影響する。四ツ谷《よっや》や牛込といった外堀側の御門とは、門としての重みが違う。

（一ツ橋御門か）

正寔はその書面を熟視した。

その懸案書は取り急ぎ認《したた》められたせいか、墨の色もまだ真新しく、事態が早急に処理されねばならぬ切迫したものだということを如実に示していた。

作事方の仕事の中で最も重要なのは、お城に関する普請である。

将軍家のお住まいである江戸城に綻《ほころ》びが生じたり、そのせいで将軍の身に危険が及ぶなど、決してあってはならないことなのだ。

（しかし、一ツ橋御門とは……）

懸案書に判を捺《お》しながら、正寔の胸は漠然とした不安に苛《さいな》まれた。

一ツ橋御門を入ってすぐのところに、言わずと知れた、御三卿の一橋屋敷があるのだ。

「次に刺客に狙われるとすれば、それは一橋だ」

と定信が言った、その一橋家のお屋敷が。

第四話　御簾中《ごれんじゅう》の陰謀

一

（火事というのはやはり、偽りだ）

御門の前を通ったときに、正寔は確信した。

いくら小火《ぼや》とはいっても、もし本当に門から火の手があがったとすれば、多少は焦げたにおいがする筈なのだ。しかも、正寔の嗅覚は余人に比べて相当鋭い。

しかるに、御門の内からは、ほんの僅かのにおいも漂ってはこなかった。

（一橋様が襲われるかどうかは別として、何者かが、一ツ橋御門から堂々と出入りしようとしていることは間違いない）

ということも、確信した。

御門の普請を許可すれば、当然大勢の部外者——大工や人夫たちが出入りすることになる。勿論、お城の普請に関わる者たちだ。身元はしっかりしている筈だが、なにしろ何十人もが一度に入城してくるのだ。一人一人をいちいち確認している術《すべ》はない。

つまり、胡乱《うろん》な者たちが大挙してご城内に侵入する、絶好の機会なのだ。

何者かが、架空の火事を理由に、急ぎの懸案書をでっちあげ、正寔の許《もと》に持ち込んだ。日頃は、容易に普請を許さぬ正寔と雖《いえど》も、内堀の上にかかる御門であれば、即座に裁決せぬわけにはいかないだろうと踏んでのことだろう。

(とすれば、矢張り狙いは一橋様ということになる)

作事奉行への懸案書の中に、偽りの懸案書を紛《まぎ》れ込ませることができるのは、相応の身分の者——城内に、己の息のかかったものを易々と送り込むのが可能な者に限られる。

(身分としては、ご老中か若年寄。お家柄で言えば、御三家か御三卿。……どうして俺が、そんな方々のすることに、首を突っ込まなきゃならんのだ)

最早諦めの境地で、正寔は御門の前を歩いていた。

既《すで》に時刻は夜半を過ぎているだろう。

視界の判然としない闇の中のほうが、より強くにおいを感じ取ることができる。

といっても、正寔が感じ取ろうとしているのは、最早焼け跡の焦げたにおいではない。

びゃ～、

びゅう～ッ、

月はなく、ただ強い風のみが、時折不気味な呻《うな》りをあげていた。

夜間、御門のあたりで妙な物音がするとか、幽霊が出るとか、不確かな噂が流れ出すのは、存外簡単なことだ。

御城内には、勿論見廻りの不寝番が大勢詰めている。

しかし、見廻りの時刻は決まっているので、その時刻さえ巧く避ければ、見咎められることはない。

何度か御門の前を行ったり来たりしたあと、正寔はつと足を止め、門の下に佇んだ。

しばし五感を研ぎ澄ませる。

堀端を歩いているときから、強い殺気を感じていた。殺気はどうやら、御門の内より発せられている。

火災があったという一ツ橋御門からではなく、その一つ隣の雉子橋《きじばし》御門から、正寔は御城内に入った。

勿論、この刻限に門が開いているわけではないので、脇から、シュルッと巧みに侵入する。そのくらい、わけはない。

だが、入った瞬間から、嘘のように殺気が消えた。

代わって、音もなく襲来する者があった。

シャッ、
正寔は無意識に身を躱《かわ》す。

闇中に閃《ひらめ》いたのは、言わずもがなの白刃である。それも、複数。軽く、十数本はあるだろう。

襲うまでは多大な殺気を漲《みなぎ》らせていたのに、まさに襲うというその瞬間から嘘のように殺気を消す。実に珍しい集団である。

(やはり、俺を誘《おび》き出す目的であったか)

だが、そんなことに感心している暇はない。

黒装束の者たちが正寔に向けているのが忍び刀であることは、刃を合わせずとも察せられた。

ひゃ、
しゃ、

シュ、

間断なく繰り出される刃を、正寔は間一髪《かんいっぱつ》で尽《ことごと》く避けた。御門の中——即ち、城中で賊と斬り合いをする気など、さらさらない。

避けきったところで地を蹴って高く跳躍し、跳躍と同時に身を翻《ひるがえ》した。

立ちはだかろうとする賊どもの頭上を軽々と飛び越えて、正寔は襲撃者たちから逃げ出した。総勢十二～三名の賊どもは、当然正寔のあとを追う。

正寔は御門の外に逃れ、堀端を走る。

堀端には、一定の間隔で松の木が植えられている。その幹と幹のあいだを縫うようにして正寔は走った。

「ぎゅひぃッ」

背後で不意に、断末魔の悲鳴が起こる。

「へべぇ」

「ぐがぁッ」

継《つ》いで、もう二つ。

正寔を追う賊の中の数人が、突如松の枝上から降ってきた者に斬られたからに相違ない。

松の枝から降ってきたのは、言うまでもなく、六兵衛と新八郎である。

六兵衛と新八郎は、ともに賊の群れの中へ飛び込むと、十数人いた敵を、声もたてずに次々と斬り捨てていった。

疾風の如く素早い動きに加えて、二人の忍び刀は刃まで真っ黒く塗られているため、目の前に迫るまで、それを敵に気づかせないのだろう。

遂に、その人数が、半数ほどに減らされてしまったとき、彼らははじめて動揺した。

「ひけッ」

一党の頭《かしら》が低く命じるまでもなく、彼らはジリジリと後退をはじめている。頭の言葉がちょうどよい合図となり、揃って踵《きびす》を返すと、逃走した。

六兵衛も新八郎も心得ていて、直ちにそのあとを追った。無論正寔も追った。

逃げた者たちの向かう先が問題だった。

正寔らは、自分たちが彼らのあとを追っているということを気取られぬため、相応の距離をとった。

もし万一相手の能力が自分たちよりも優《まさ》っていた場合、あとを尾行《つ》けることは不可能だ。どんなに間合いをとっても、気配で気づかれてしまう。

幸い、逃げる相手の能力は、六兵衛や新八郎の能力よりも劣っていたようだ。襲った相手から逆に追われていることなど夢にも知らず、一途《いちず》に逃げた。

一旦小石川《こいしかわ》御門から外へ出た彼らは、そのまま市中に散るかのように見えた。

だが、ぐるりと迂回して牛込御門の側まで戻ると、再び外堀に沿って走る。

一応用心のために迂回し、尾行けられていないと確信したため、本来の目的地へ最短で向かおうとしているのだろう。

(やはり、紀州屋敷へ向かうのか——)

市ヶ谷《いちがや》御門から四ツ谷御門へと向かうあいだに、正寔はぼんやり悟った。

四ツ谷御門の先は赤坂御門。赤坂御門を入ったところに、紀州家の上屋敷がある。

そして彼らは、正寔の予想したとおり、紀州屋敷のあたりまで来ると、忽然と姿を消した。

念のため、六兵衛と新八郎に調べさせたが、その先へと逃れた形跡はないようだった。

(さすがに、正面から入るのは敷居が高いな)

翌日、下城の際に、白河藩上屋敷の前をうろうろしていると、偶然か将又《はたまた》必然か、折良く用人の茂光が脇門から出て来た。

いつもどおり、不気味なまでの無表情である。正寔が無言で近寄って行っても全くの無反応だ。

(無視する気か)

さすがに少し腹が立つ。

「茂光殿」

正寔は思いきって彼を呼び止めた。

定信に会いたい、という正寔の言葉を、茂光は眉一つ動かすことなく聞いていたが、聞き終わるや否や、

「では、のちほど迎えの者を遣わしますので、そちら様のお屋敷にてお待ちいただきたい」

と、静かに述べた。

言葉つきこそは鄭重ながらも、有無を言わさぬ口調であった。

正寔が自邸に戻って待つほどもなく、いつもの忍び駕籠が、物々しい八名の陸尺《ろくしやく》によって担がれ、正寔を迎えに来る。

茂光はついておらず、代わりの用人が陸尺たちを指図していた。三十がらみの、茂光に比べれば些《いささ》か頼りない感じの武士である。

だが正寔は、彼には殆ど興味を示さない。

（陸尺の人数を減らさないと、無紋の忍び駕籠を仕立てても意味がないのだと、あれほど教えてやったのに……）

内心苦笑いしながら、正寔は駕籠に乗った。駕籠は危険だし、好きではないが、この際仕方ない。昨夜もその前も、本来の勤め以外のことに奔走し――実際激しく走りまわって、さすがに疲れがたまっていた。

「どちらへいらっしゃいます？」

送り出す際、心配そうに絹栄が問うた。

無紋の忍び駕籠が迎えに来るなど、はじめてのことだ。悪いほうに想像すれば、きりがない。

心配させたくないので、正寔は、

「ご老中から、内々のお招きだ」

と言っておいた。

正寔と田沼との親交を知る絹栄は、それで幾分安堵したようだ。

（え？）

だが、自邸を出てそれほど行かぬところで、正寔は少しく驚いた。

向かう方角が、いつもと違う。内藤方面ではなく、本所《ほんじょ》からみて東の方角である。

(一体何処へ連れて行くつもりだ?)

正寔が不審がるうちにも、駕籠は両国橋《りょうごくばし》を渡り、浅草御蔵の前を通って、浅草方面に向かう。

(まさか、吉原《なか》か?)

驚く正寔を、忍び駕籠が運んだ先は、いつもの内藤の下屋敷ではなく、日本堤《にほんづつみ》を通って衣紋坂《えもんざか》に出、五十間道《ごじっけんみち》を過ぎて行き着いた先——傾城《けいせい》町吉原の大門《おおもん》であった。

しかも、駕籠が着けられたのは、吉原でも五本の指に入る惣籬《そうまがき》(大見世)である。

吉原は、江戸で唯一幕府公認の遊廓であるから、大名や旗本も、屢々《しばしば》お忍びで訪れる。そのため、駕籠のまま見世の入口まで乗り入れられるので、姿を見られずに登楼《あが》ることができる。

(なんだ、なんだ? 越中守の旦那、あんな生真面目そうな面《つら》してるくせに、妓《おんな》をご馳走してくれるつもりか? まるで、大工の親方ではないか)

正寔はさすがに面食らった。

が、戸惑いつつ通された部屋には一人の妓も太鼓持ちも芸者もおらず、六畳ほどの狭い座敷に、ただ忍び姿の定信が、ポツンと一人、酒肴《しゅこう》の膳の前に座っている。

戸惑う正寔に、

「いいから、座れ」

定信はチラッと目をあげて短く命じた。

正寔は仕方なく、敢えて空けられていた上座に腰を下ろす。身分を隠しての微行《おしのび》であれば、年長者の正寔を上座に座らせるのが自然であった。

(存外細かな気配りができるのだな)

正寔には、それが些か意外であった。

正寔が座に就いてほどなく、赤い襷《たすき》をした若い女中が、正寔のぶんの膳を運んできた。黄八丈に赤襷をしているような女中は厨《くりや》の下働きなので、当然接客はしない。黙って膳を置くと、酌《しゃく》のひとつもせず、さっさと部屋から出て行った。予《あらかじ》め、そのように言い含められているのであろう。

(酌をする者すらいないとは……)

正寔が身を乗り出して酌をしようとするより早く、だが、定信は自ら徳利の口を摘《つま》み、手酌で注《つ》いで飲みはじめた。

定信がそうである以上、正寔もそれに倣《なら》うしかない。

（ん？）

一口呑んで、正寔は微《かす》かに顔を顰《しか》めた。

（ひどい商売をしているな）

到底、吉原の大見世で出される酒の味ではなかった。明らかに、水で薄めている。

大方、あまり世間擦れしていない武家の二人連れと見て、この程度の酒で充分、と判断したのだろう。酒を、水で薄《ま》めて客に出すのは、下々《しもじも》の居酒屋では常識のようなものだが、名の知れた見世では先ずやらない。とれるところから、少しでも余計に稼いでやろうという意地汚い根性に、正寔は淡い怒りを覚えた。

そういう目で改めて膳の上を見ると、色の変わった刺身やら、冷めきって衣のベタリとした天ぷらやら、箸をつけたいと思う料理は一つもない。

仕方なく、薄味の酒を手酌で二～三杯呷《あお》ってから、

「吉原《ここ》へは、よくいらっしゃるのですか？」

思いきって、問うてみた。

「意外か？」

「い、いえ……」

問い返されて、正寔は焦った。

いつも下屋敷の茶室ではあれほど饒舌な定信が、何故今日は、これほど言葉が短いのだろう。

正寔が困惑していると、

「たまにはよいだろう。そちはあまり、茶が好きではないようだし」

僅《わず》かに口許を弛《ゆる》めて定信は微笑した。

正寔を見返したその目は僅かも笑っていない。何事か、よからぬことを予感するが故だろうか。

そこで正寔は、漸《ようや》く昨夜の話をした。

聞き終えてからしばらく、定信は沈黙していた。

(これなら、まだお茶のほうがましだ)

心の叫びのように、正寔は思った。

不味《まず》い酒と肴《さかな》とでは、どうにも間《ま》がもたない。これが茶室であれば、定信が二杯目の茶を点《た》てるまでのあいだ、正寔は束の間寛《くつろ》いでいられた。

だが、いまこの瞬間、正寔には気まずさ以外なにもなく、心は僅かも寛がない。

「そもそも種姫《たねひめ》は、次期将軍家の御台所《みだいどころ》となるべく、江戸城の大奥に入ったのじゃ」

長い沈黙の後、嘆息気味に定信は言った。

正寔はただ、昨夜の話をしただけなのに、定信のほうが勝手に種姫の名を出してきた。

それは即ち、定信自身が、はじめからその可能性を考えていた、ということに相違ない。

「家治公は一度も口にされたことはないが、将軍家の養女となりながら、いつまでも縁談が調《ととの》わなかったのはそのためだろう。将軍家の息女《そくじょ》は、通常十歳にもなれば嫁《とつ》ぎ先が定められ、結納《ゆいのう》を交わすものだ」

「そうなのですか？」

「知らぬのか？」

正寔が問い返すと、定信は意外そうに目を剝《む》いて驚く。

「奥向きのことには、一向迂遠《うえん》でございまして――」

「相変わらず、おかしな男だ」

と小さく舌打ちをしてから、定信は話を続ける。

「とにかく、家治公はそのおつもりであられたはずだ。父の代から仲の悪い田安家とも、それで和解できると思われたのだ。そういうお方だ」

「なるほど」

「家基殿は若くして亡くなられ、話はたち消えとなったが、種姫は、己こそ、将軍家世嗣《せいし》の許婚者《いいなずけ》と思うていたかもしれぬ」

「…………」

「それ故に、気位は高い」

そこまで言って、定信は再び口を閉ざした。

口を閉ざした定信を内心持て余しながらも、正寔は気長に次の言葉を待った。待ったままで、四半刻のときが流れた。

正寔は遂に意を決し、

「御簾中《ごれんじゆう》様が、黒幕であると思われますか？」

情け容赦のない問いを発した。

日頃取り澄ました若造の動揺した顔を見るのは少しく楽しい。だが、このときの定信は、正寔が予想した以上の反応を見せた。

「わからぬ……」

呻くように苦しげな言葉を漏らしただけで、それ以上はなにも言わなかった。

正寔も沈黙するしかなかった。

（辛かろうな、身内のことは――）

定信の気持ちがいやというほどわかってしまうだけに、それ以上は、言葉をかけることができなかった。

しばしの沈黙の後、

「あれも可哀想な女子《おなご》なのだ。家基殿が早世《そうせい》されたために、御台所の夢を絶たれ、紀州家への輿入《こしい》れが決まるまで、江戸城大奥にて虚しい日々を過ごした」

心から憐れむ口調で定信は言った。

日頃冷徹な男の、身内を思っての苦悩はなかなかの見ものである一方、矢張《やは》り気の毒でもある。ましてや、母を同じくする妹であれば、幼い頃には親しく馴染んだ日々もあったのだろう。

「それで、昨夜そちを襲った賊どもは、確かに紀州屋敷へ入ったのだな？」

正寔を息苦しくさせた沈黙の後、更に苦しげな口調で定信が問うた。

「おそらく」

としか応えられぬことを、正寔は多少口惜しく思う。

賊が、屋敷の門から堂々と中へ入って行く瞬間を見たわけではない以上、いまはそう応えるしかないのだ。

「そちはどう思うのだ、長州？」

「え？」

唐突に問い返されて、正寔は戸惑った。

「読売を利用して山城守の祟《たた》りという噂を江戸じゅうに広めさせたり、御庭番を使って余を襲わせたりするような思案が、十一歳で将軍家の養女となり、大奥で大切に育てられた女子にできると思うか？」

「そ、それは……」

それがしは、種姫様というお方を存じませぬ故、とも言えず、正寔が口籠《くちご》もっていると、

「すまぬ」

定信はあっさり詫びた。

「身内である余にもわからぬことが、他人で、しかもあやつを知らぬそちにわかるわけがないな」

淋しげな微笑を口辺《こうへん》に湛《たた》える。

「………」

そんな淋しげな顔を見てしまっては、最早正寔には応える言葉がなかった。

なかったがしかし、今後己が何を成すべきかは、漠然と理解した。とりあえず今夜は、

（酒の相手をすることだ）

と正寔は思った。不味《まず》い酒と肴でも、我慢して。

二

五代藩主であった吉宗が将軍家の後継者となる際、本来紀州家は廃藩になるべきだった。

五代将軍綱吉《つなよし》の館林《たてばやし》藩、六代将軍家宣《いえのぶ》の甲府《こうふ》藩はともに、藩主が将軍となったのち、廃藩・絶家となっている。

その先例に倣《なら》うべきだとする意見もあったが、

「御神君家康公から拝領した聖地である御三家を廃絶するわけにはゆかぬ」

と吉宗は主張し、従兄《いとこ》の宗直《むねなお》に家督を継がせて紀州家を存続させたのである。

将軍家の子弟であった綱吉や家宣の場合は、成年に達していつまでも江戸城内にと

どまるわけにはいかないので、領地をもらって分家していたに過ぎない。親のあとを継いだのだから、分家の必要はなくなった。それ故の廃藩だ。将軍の子は、やがて将軍になる。最も、男子が複数生まれた場合には、長男以外は再び分家することになるだろうが。

そもそも御三家には、将軍家に後継ぎが生まれなかった場合、神君家康公縁《ゆかり》の御家から後継ぎを選ぶ、という究極の存在意義がある。それを無くしてしまうことは、神君家康の心に背《そむ》くことになる。徳川家の人間である吉宗に、そんな不敬な真似ができようわけがない。それに、御三家は、三家揃ってこその御三家なのだ。紀州が廃絶となり、尾張と水戸《みと》の二家のみが残っては、力の均衡が保てなくなる。均衡を失った両家が、今後徳川宗家を脅かすほどの力を持たぬとも限らないのだ。

吉宗はそれを恐れたのだろう。

そうでなければ、現実主義者の吉宗にとって、実家を廃絶するくらい、なんでもなかった筈である。

種姫の夫となる治宝《はるとみ》は、八代藩主・徳川重倫《しげのり》の次男である。

粗暴な重倫が半ば強引に隠居させられ、西条《さいじょう》藩主であった治貞《はるさだ》が急遽養子となって九代藩主の座を継いだ。

治貞は、吉宗に倣って諸事倹約を心がけ、見事に藩政を立て直した。

以後、治貞の治世は十四年に及ぶ。

治貞は、己の後継者としての治宝を、我が子の如く慈《いつく》しみ、大切にしていた。

重倫が隠居した安永《あんえい》四年は、種姫が家治の養女となり、江戸城に入った年でもある。

その同じ年、紀州治宝――幼名・岩千代《いわちよ》は、僅か五歳の幼児であった。

その治宝と種姫が婚約したのは三年前の天明《てんめい》二年、種姫は十八歳、六つ年下の治宝は十二であった。

治宝が未だ元服前であったため、結納は交わされたが、婚儀はとりおこなわれなかった。

一つには、六つも年下の治宝を、種姫のほうがひどく嫌っていた、とも言われている。

種姫にしてみれば、

（本来、将軍家の御台所となる筈の私が――）

と思うのも、無理はなかったのかもしれない。

十一の歳から、江戸城大奥で暮らしている。

それも、将軍家の御息女として、だ。

大奥での暮らしは、おそらく、女と生まれて考えられる限り、最高の暮らしであった。

しかも、その最高の暮らしは、終生続く筈であった。

ところが、運命は大きく変わった。

即ち、安永八年、義父である家治の長男・家基が急死したのだ。

鷹狩りの帰りに立ち寄った宿・東海寺《とうかいじ》で、突然体調をくずし、やがて危篤状態となり、そのまま息を引き取った。

家基に宿痾《しゅくあ》はなく、極めて壮健な十七歳の青年だった。毒殺であろうと人々は囁いた。

大好きな家治から、

「余の娘にならぬか」

と言われたときは本当に嬉しかった。

家治は、父・宗武《むねたけ》の甥にあたる人だから、宗武の娘である種姫との関係は、実際には従兄《いとこ》である。しかし、親子ほど歳がはなれているため、「娘に」と言われても不自然さは全くなかった。

種姫が六歳のとき死去した父の宗武は、幼い娘に対しても少々厳しいところがあり、種姫は父の生存中から、いつも穏やかで優しい家治のことを父のように慕っていた。

一方、家治のほうでも、親類の中でもひときわ可憐な少女である種姫のことを娘のように可愛がった。四人の男子に恵まれたが、長男の竹千代《たけちよ》以外の三人は相次いで早世し、娘はいない。

種姫を養女にほしがるのも至極自然なことだった。

「今日から、将軍家の姫君でございますよ、種姫様」

入城したその日、母親のような歳の中臈《ちゅうろう》から恭《うやうや》しく傅《かしず》かれ、子供心にも誇らしかった。

江戸城の大奥で暮らすようになってしばらくは、お城の中をあちこち見てまわったりして楽しく過ごした。

とりわけ、お城から江戸の城下を望むのは爽快だった。

その景色は、たかが十一の少女にも、将軍家——即ち、天下人の娘だという実感を、充分に与えてくれた。

元々、御三卿の一つである田安家の姫君であるから、それなり人に傅かれて育った筈だが、お城の中は、まるで別世界であった。

その別世界で毎日機嫌よく過ごしていたが、一月《ひとつき》とたたぬうちに、実の母や田安家での暮らしが恋しくなってしまった。

田安家の屋敷はお城のすぐ側だ。

だが、たとえ目と鼻の先にある田安家と雖《いえど》も、実際に行こうとすれば、そう簡単な話ではないということを、種姫とて充分理解している。

(母上に会いたい)

お城に入って半月もすると、種姫はひどい淋しさに襲われた。

(家に帰りたい)

将軍家の娘になれば、豪奢な暮らしをして、毎日楽しく過ごせる。そう思ってお城に来たが、慣れてしまえば、ただ同じ日常の繰り返しである。

人が、なんの変哲もない平凡な日々の繰り返しに耐えていけるのは、親しき人々に囲まれ、その親しき人々——概《おおむ》ね家族から、無上の愛を注がれるが故だ。それがわからず、ただお城で暮らせるということに浮かれていたのだから、種姫はまだまだ子供であった。

お城の中には、一方的に傅き、世話をしてくれる者はいても、心から親しめる人は一人もいない。

その淋しさが、漸く種姫を正気に戻した。

正気に戻ると、いつも自分には冷たく、難しい顔ばかりしていた六つ年上の兄・賢《まさ》丸《まる》のことですら、懐かしく思えた。

通常大名家に於いて、異性の兄妹が親しく馴染むことはない。だが、母を同じくする兄妹の場合は別だ。六つ年上の賢丸に、種姫は読み書きを教わった。

「お前は阿呆だな」

物心ついた頃から、常に冷ややかな目で見据えられ、こんな男の妻にだけはなりたくない、と心の底から、願ってきた。だが、そんな冷たい兄の顔すらも、いまは懐かしい。

淋しい思いを堪《こら》えて、種姫はお城の中を徘徊した。

つと足を止めたとき、御木戸の外にあるご城中の馬場が目に入った。

馬場の中では、見覚えのある少年が楽しげに馬を走らせている。

(竹千代様?)

家治の長男である竹千代は、種姫にとっては義理の兄にあたる。

視線に気づいた竹千代が、御木戸の中に佇む種姫のほうへ、ふと馬を寄せてきた。

「そなた、田安の姫か?」

「はい、種と申します、兄上様」

「城にはもう慣れたか？」

「は、はい」

蒼天のように澄んだ目でじっと見つめられ、種姫は焦った。

実の兄の賢丸よりはやや若いが、親戚なので顔だちは似ている。だが、表情が明るく、兄と違ってひどく優しそうな雰囲気の少年だった。物腰も柔らかいが、将軍家世《せい》嗣《し》らしい上品さもそなえている。

「そうか。困ったことがあれば、なんでも遠慮なく申せ」

「はい」

「今度馬に乗せてやろう」

種姫にニッコリ笑いかけてから、竹千代は走り去った。種姫はその背をいつまでも木戸に凭《もた》れて見送っていた。いつまでも――。

「元服おめでとうございます、兄上様」

「武家の男子ならば、ときが来れば誰でも元服する。別に、めでたくはない」

竹千代――いや、元服し、家基という名を与えられた義理の兄は、チラッと眉を顰めていやな顔をした。

何故か不機嫌そうだった。

その不快の表情に、種姫は胸を切り裂かれるような痛みを覚える。

兄の元服は、種姫にとっても重要な意味をもつ。

「これからは、こうして気安く顔を見に来ることもできなくなる」

「………」

元服した男子は大奥を出なければならない。家基の場合は将軍家世嗣として西の丸に住まうこととなる。当然、大奥への出入りは許されない。

それ故家基の言葉を聞くと、種姫もまた忽《たちま》ち顔を曇らせた。実の兄の賢丸は、元服すると以前にも増して冷ややかな態度をとるようになり、同じ屋敷に住んでいながら、ろくに口もきいてくれなくなった。

「そんな顔をするな、お種」

すると、自分のほうが先に不機嫌な顔を見せたことも忘れ、

「これが今生《こんじょう》の別れというわけでもあるまいに」

種姫のよく知る、いつもの優しい笑顔になった。

母と別れ、他人ばかりのお城に来てこの一年、何度もその笑顔に救われてきた。だ

が、明日からはもう容易には見られない。

「寂しくなれば、いつでも西の丸に来るがよい」

「………」

気軽な口調で竹千代——いや、家基は言うが、そんなことができぬことくらい、彼にもわかっているはずだ。

「それに、何《いず》れはそなたも、西の丸で暮らすことになる」

どう宥《なだ》め賺《すか》しても種姫が愁眉《しゅうび》をひらかぬと見るや、ふと口調を変えて、家基は言う。

「え？　それはどういう意味でございます？」

種姫が怪訝な顔をして問い返すと、

「なんでもない」

家基はすぐに顔を背けてしまった。

心なしか、その頰が染まっていた。

「姫様は、何れ御世子《ごせいし》様の御台所になられるのですよ」

家基が立ち去ってから、訳知りの中﨟がそっと耳打ちしてきたが、種姫には全く意想外のことだった。

（え？　私が兄上様の妻に？）

目を落とせば、種姫の手の中には、家基が手折《たお》ってきてくれた一輪の梅の枝が残されている。

（私が、兄上様の……）

改めて思ったとき、胸の奥から不思議な思いがこみあげてきて、種姫は戸惑った。

その思いが一体なんなのか、このときの種姫にはわからなかったが。

その日のことは、六年たったいまでも昨日のことのようによく覚えている。

昨日のことよりも、よく覚えているくらいだ。

「一番大きい獲物をお種にやろう。楽しみにしているがよいぞ」

そう言って機嫌よく出発したひとは、だが、戻ってきたときには、物言わぬ骸《むくろ》になっていた。

（どうして……）

はじめはあまりの唐突さに声もあげられず、ろくに悲しむこともできなかった。

（家基様）

通夜がすみ、葬儀が執り行われる頃になって漸く、種姫の胸に、言葉にできない感情が満ちた。

家基の骸が棺におさめられてゆくのを見るに及んで、種姫は、家基がもうこの世にいないのだ、ということを思い知った。

（どうして、こんなに、急に……）

もう二度と、言葉を交わすことも、あの優しい笑顔を見ることもかなわない。

（そして、あの方の妻になることも……）

心の中に湧いた思いを口にすることは、だが金輪際《こんりんざい》なかった。

正式な結納も交わされていない以上、すべては家基と家基の父・家治が思い描いていた夢にすぎない。

田安の娘を養女にし、何《いず》れは将軍家世継ぎの正室に迎えて、徳川家同士の結束を強めよう、というのが家治の悲願であった。何故なら、家治の父である九代将軍・家重と、種姫の亡父・宗武とのあいだには、将軍家後継をめぐる争いがあり、家重が後継者と決められてからも、終生両者の仲は悪かった。

父・家重が、心の底から、次弟の宗武を憎んでいたことを、家治はよく知っている。

本来なら、将軍位を継いだ時点で弟を殺し、家をとり潰してやりたいところだった。

が、偉大な父が遺した御三卿の家柄と格式をないがしろにするわけにはいかなかった。将軍位を継ぐにあたって、なにかと問題の多い家重ではあったが、そこまで暗愚ではなかったのだ。

しかし、とり潰せないと思うと、余計に鬱憤《うっぷん》が募るのだろう。

家重は死ぬまで宗武を許さなかった。

それ故、田安家側も、将軍家に対してはいい感情を懐《いだ》いていない。家治は子供の頃から、うんざりするほどそれを感じていた。

叔父・宗武の自分を見る目が冷たいことに気づかぬほど、家治は鈍感な人間ではない。

縁の近い者から憎まれ、疎《うと》まれるほど、辛いことはない。家治の賢さを、祖父の吉宗は愛したが、家治の最たる長所は、賢さよりも寧《むし》ろ優しさだった。

心優しい家治には、最も近しい親類である田安家と仲良くできないことがなにより辛かった。

(叔父上は亡くなられたが、ご自分の血筋が将軍家に入れば、草葉の陰で歓んでくれよう)

そんな思いが、家治の心にあったということを、種姫は知らない。

すべては家基と種姫が結ばれてこそ、の話であった。だが、家基が亡くなったことで、なにもかも、水泡《すいほう》に帰《き》した。

種姫は義父の心を知ることもなく、家基と結ばれることもなく、その後も江戸城で暮らし続けた。

やがて適齢期を過ぎたが、縁組の話はなく、なお数年が過ぎた。

一つには、義父の家治が病がちで、床に伏しがちになり、それどころではなくなった、ということもある。

漸く縁組の話が出たのは、天明二年、種姫十八の年である。将軍家の息女としては勿論、ごく普通の武家の娘としても、とっくに適齢期を過ぎている。

相手は、紀州藩主嗣子《しし》の岩千代、十二歳。種姫より六つ年下で未だ元服前の少年であった。紀州九代藩主・治貞からのたっての願いということで、家治に否やはなかった。

三

家基様は、毒殺された——、

ということは、その死の直後から常に囁かれていた噂である。

だが、どこにも確証はなかった。確証がない以上、どうにもならない。

ところが、ごく最近になって、

「証拠はありますぞ」

種姫の耳許に囁いた者がある。

「姫には、是非とも紀州家の後継ぎをお産みいただきたいものじゃ」

顔を見れば同じ言葉を繰り返してくる、舅《しゅうと》の治貞だ。

治貞は、正確には、治宝の父・重倫にとって叔父にあたる男だ。国許《くにもと》では名君でとおっている治貞の、一見穏やかでありながら、冒しがたい威厳を湛える口許が厳しく引き締まり、あまりにも意外なことを口にしたときは、本当に驚いた。

「家基殿の仇を討ちたいとは思われぬか？」

そのときの、治貞の一言がなければ、種姫は紀州家との婚儀を承知しなかったかもしれない。

「証拠は…何処にございます？」

「考えてもみなされ。家基殿が亡くなられて一番得をしたのは誰か？」

「そ、それは…家基様が亡くなられたあと、世嗣になられた一橋の豊千代《とよちよ》殿……」

「だが、豊千代はその当時まだほんの幼童。そうなるように仕組んだのは、豊千代の父・一橋治済《はるさだ》と、ときの老中・田沼意次じゃ」

「…………」

「当時から、田沼は一橋家の中に己の弟や甥を家老として送り込み、深い関係を築いておったのじゃ。……なによりの証拠と思われぬか？　田沼は、次の公方様《くぼう》の代になっても、なお変わらぬ権勢を奮い続けるという野望のために、正統な後嗣《こうし》である家基殿を亡き者にし、己の意のままになる者を後嗣とした。…このような不埒《ふらち》な真似が、許せるか？」

「ゆ、許せませぬッ」

声を震わせて、種姫は言い返した。

「断じて、許せませぬ」

繰り返し、同じ言葉を口にしたのは、己の強い決意を確認するためにほかならなかった。

（きっと、仇を討ちます、兄上……いえ、家基様）

鏡に向かって、種姫は呟く。

鏡に映る己の顔は、既に十四の少女のものではない。あの頃の自分が最もなりたくなかった顔だ。臈長《ろうた》けて見えるのは濃すぎる化粧のせいで、元の自分の顔も定かではなかった。

幸い家基は、種姫のそんな顔を見ることなく、この世から去った。

（醜い……）

化粧を凝らした自分の顔が、なにより種姫は嫌いだった。

（家基様は、化粧などしていない私の顔を可愛い、と言ってくだされた）

思いすら告げずに潰《つい》えた初恋の思い出だけが、いまは種姫の生きるよすがだった。

「お義父上《ちちうえ》様がおみえでございます」

ふと、襖の外から、女中の呼びかける声がする。

「義父上様が？」

種姫はつと我に返り、慌てて紅を塗り直した。

種姫にとって義父の紀州治貞は、夫の父――即ち、舅というよりも、同志なのである。それ故、隙のある顔は絶対に見せたくなかった。

「ようこそおいでくださいました、お義父上様」

上座をあけて、舅を迎えた。

「姫も息災でなによりじゃ」

今年五十七になる治貞は、一見好々爺《こうこうや》のような笑顔を満面に湛えている。

藩を危うく崩壊させかけたほどの粗暴さ故に無理矢理隠居させられた甥に代わり、既に伊予《いよ》西条藩主の座にありながら、乞われる形で紀州家を継いだ。以後、吉宗を規《のり》とした質素倹約の緊縮財政によって、見事に紀州家を建て直している。

「岩千代は相変わらずかのう」

「治宝様は――」

と敢えて言い直してから、

「こんな年上の姥桜《うばざくら》、お好きになれる筈がありませぬ。……妾《わらわ》などを押しつけられて、本当にお気の毒でございます」

なるべく感情を抑えた、他人事《ひとごと》のような口調で種姫は言った。それでも一瞬面上から笑いが消え、硬い表情が覗いてしまう。

夫婦とはいっても、治宝は未だ十五歳の少年だ。年上の妻よりも、目下《もっか》の興味は他のことに向けられているようだった。

同じ屋敷に起居していても、殆ど顔を合わせることはない。

「すまぬのう、姫」

好々爺の笑顔のまま、だが多少恐縮した口調で治貞が言うと、

「いいえ、義父上様、こうして、義父上様にいつもお気にかけていただき、嬉しゅうございます」

種姫はすぐに笑顔を見せた。

「岩千代めはまだまだ子供でござる。寛《ひろ》いお心で赦《ゆる》してやってくだされ」

「赦すも赦さぬもありませぬ」

「男というのは、女子に比べて、なかなか大人になれぬもの。……岩千代めが大人になるまでには、いま少しのときがかかりそうじゃ」

（別に、一生子供のままでいてくださってもかまいませんことよ）

心の中で言い返した種姫の言葉はまさか聞こえていまいが、

「それはそうと、姫、そろそろ芝居などいかがじゃな？」

治貞は唐突に話題を変えた。種姫はさすがに面食らう。

「え？」

「今月いっぱい、森田座《もりたざ》の桟敷《さじき》を貸し切っている故、どうか、いつでもおいでくだされ、と筑紫屋《つくしや》が言うてきましたのでな」

「まあ、森田座を！」

種姫は、わざとらしい嬌声をあげ、

精一杯はしゃいでみせた。

そうしたほうが、年配の男からは歓ばれる、ということを、江戸城の大奥で過ごした何年間かで種姫は学んでしまった。

「今月の演目は、『鏡山《かがみやま》』でございますね」

芝居好きの軽薄な娘の顔になって種姫は言い、

「早速、明日にでもまいります。よいでしょうか、義父上様?」

孫が祖父に甘えるときの媚態をみせた。

「おお、それがよい。筑紫屋にも言うておきましょう」

大仰に肯《うなず》きつつ、好々爺の顔のままで治貞は同意した。

(賢《さか》しらに見えても、所詮若い女子などこんなものよ)

と思っていよう本心など、微塵も見せずに。

四

桟敷席の中央で、煙管《きせる》を銜《くわ》えた若い女が、明るく笑い転げている。

豪奢な綾錦の裲襠《うちかけ》を纏《まと》った、どこからみても高貴な婦人だ。

彼女の左右にはやや年配の女中と、若い女中の二人が控えていた。彼女らと無邪気に談笑するその女の顔を見る限り、

(越中守に、似ている――)

という感想しかもてない正寔だった。

この数日、六兵衛と新八郎に、種姫の身辺を探るよう命じていた。人によって多少の違いはあれ、御三家御簾中の生活に大差はあるまい。

江戸住まいが長くなれば、それだけ江戸を知り尽くしてしまう。数ある名所旧跡も一度足を向ければ充分で、二度三度と訪れることはない。

そんな江戸暮らしの中で、婦女子が何度足を運んでも変わらず楽しめる娯楽といえば、芝居と、娯楽と呼んでは語弊《ごへい》があるが寺参りだ。寺で御経を聞き、僧侶の有り難い話を聞くのも、知的好奇心旺盛な御簾中にとっては立派な娯楽の一つであった。

種姫の興味は、いまのところ芝居に向いている。月に数度は芝居小屋に通っているという報告を聞いて、正寔はすぐに手をうった。

森田座の、種姫御一行の指定席はわかっていたので、その向かいの桟敷席をとるのはそれほどたいした手間ではなかった。事前にその席を押さえていた材木問屋の加納《かのう》

屋徳右衛門《やとくえもん》を脅して——いや、お願いして、譲って貰ったのだ。

通常桟敷席の客となる者は、明け六ツからの開演を席で待つため、まだ暗いうちに家を出発する。座に着けば酒肴が出るから、ときをもてあますことはない。

金持ちの芝居見物は一日がかりだ。金も暇もない貧乏人は木戸から入り、すし詰めの土間席で、見たい演目だけ見て早々に帰る。

正寔も一応、大店《おおだな》の主人というていで小屋に出向いた。連れがいないと不自然なので、絹栄に丸髷《まるまげ》を結わせ、黒縮緬《ちりめん》に裾模様の小袖で大店の女将《おかみ》風に装わせて伴う。

そもそも芝居は、庶民にとっても女子供の娯楽である。旦那衆が来ているときは、大抵妻や娘のつきあいだ。彼らは芝居よりも、専《もっぱ》ら隣席の若い女に興味津々《しんしん》である。

それ故男だけで桟敷にいるのは如何にも不自然だし、目立ってしまうのだ。

「本日は、一体どのような趣向なのでございます、殿様？」

突然駆り出されたことに戸惑いながらも、満更でもない顔つきで絹栄は問うた。

「どこで誰が見ているかわからぬだろう。お勤めを休んで芝居見物しているなどと知れたら、ことだぞ」

「大丈夫なのですか？」

正寔の盃に酒を注ぎつつ、心配そうに絹栄は問いかける。

「大丈夫かどうか、そんなことはわからぬが、とにかくそなたに、芝居見物させてやりたかったのだ。以前、一度は団十郎《だんじゅうろう》を観たい、と言っていたであろう」

「まあ、殿様……」

絹栄は忽ち満面を感動に染めて正寔を見返した。酒器を持つ手が震えて酒が溢《こぼ》れそうになるので、慌てて正寔が取り上げ、膳に戻す。

「嬉しゅうございます、殿様」

「これ、泣くでない」

絹栄の目から、見る間に大粒の涙が溢れ出す。正寔は慌てて言い募る。

全体、妻に泣かれるほどこの世に恐ろしいことがあろうか。

「ほら、二番太鼓が鳴っておる。吉例の「三番叟《さんばそう》」がはじまるぞ。……桟敷で芝居を観るなど、滅多にないことじゃ。楽しもうではないか」

「は、はい」

絹栄は袂《たもと》でそっと目を拭うと、舞台のほうに顔を向けた。

それで正寔は漸く真正面の桟敷席へ視線を注ぐことができたのだった。

正寔は、種姫を直視した。

蓮っ葉な仕草で煙管を銜え、粋な大人の女を気取っているのだろうが、端正な顔だちに清廉な気性を思わせる雰囲気は、兄とよく似たものだった。

(昨日は浄瑠璃《じょうるり》、その前の日は花見だったか。……本当に楽しんでいるのかな?)

正寔はじっと視線を注いでゆく。

顔を見ただけで、その人の心底まで見定められるわけではないが、とにかく、見ておかねばなにもはじまらない。

(あの姫が、そんなだいそれたことを企む人間であろうか)

と考え込んでいる正寔の隣で、絹栄の目は一心に舞台上を見つめている。

通称『鏡山』、正式には「加賀見山《かがみやま》旧 錦絵《きようのにしきえ》」という全十一段から成る時代物は、天明二年初演以来、森田座でも人気の演目だ。女忠臣蔵という別名もあるとおり、お初《はつ》という若い娘が、健気《けなげ》に女主人の仇《あだ》を討つという物語で、登場人物の殆どが女であるため、実に華やかである。役者たちの纏った豪華な衣裳を見ているだけでも、女客の口からは溜め息が漏らされる。質素倹約のお触れが出されれば、真っ先に上演中止になりそうな演目だった。

「大姫《おおひめ》が、亡くなった許婚者《いいなずけ》を慕って出家を願うところ、大姫と木曽義高《きそよしたか》の故事にちなんでいるのでしょうか」

幕間に弁当を食べはじめたところで、ふと絹栄が言った。

幕がおりてもなお考え事をしていた正寔は、それで漸く我に返る。

「ん？　そうなのかな？　話自体は、加賀藩の御家騒動を題材にしているらしいぞ」

「でも、大姫という名をつけているのですから、きっとそうです」

「大名家に生まれた最初の姫は《大姫》と名付けられることが多い」

という、身も蓋《ふた》もない言葉を、正寔は喉元でグッと呑み込む。

絹栄の頰に淡く赤みがさしているのは、どうやら酒のせいばかりではないようだと気付いたからにほかならない。

「木曽義高と婚約したとき、大姫は僅か六歳の幼女でしたのに、初恋のひとを終生忘れず、義高の死後十数年経っても嫁ぐことなく、義高を想うあまりに患《わずら》って、可惜花《あたら》の盛りで死んでしまうのです。……世の中のすべての女子は、大姫を憐れみながら、同時に憧れてもいるのでございます」

「可惜花の盛りで死んでしまうのに？」

「それでも、女子にとって、初恋とは特別なものなのでございますから」

「そなたにとっても、か？」

声だけでなく、すっかり乙女のような顔つきになって陶然と言葉を継ぐ絹栄を内心面白がって、正寔は問い返す。

「え？」

不意を衝かれて、絹栄は動揺した。

「そなたにとっても、初恋の男は特別なものなのか、と聞いているのだ」

「わ、私の初恋は……」

動揺し、消え入るような声音で口籠もる絹栄を、正寔はそれ以上問い詰めようとはしなかった。

絹栄が、武家の娘としては些か遅すぎる二十歳という齢《とし》で正寔に嫁《とつ》いできたことについては、実は多少の仔細もあるのだが、今更そんなことを持ち出したところで、誰の得にもならない。

少なくとも正寔に嫁いでからのこの二十数年、絹栄は毎日幸せそうに過ごしてきた。初恋の男とのあいだになにがあろうが、最早そんなことを穿鑿《せんさく》する気も失せるほどの幸福感を、絹栄は全身から放っていた。

絹栄は、それでいい。

だが、

（初恋）

という言葉は、このとき正寔に一つの手がかりを与えた。

見るともなしに視線を流して、向かいの席の種姫を盗み見る。

役者とおぼしき優男《やさおとこ》が席に来て、姫に向かって恭しく挨拶していた。役者が、得意客の席へ挨拶に来るのはさほど珍しいことではない。

(種姫は、この『鏡山』という演目がお気に入りのようだ。それは、この芝居が仇討ちの話だからか？　だとすれば、姫自身が仇討ちを望んでいるのか？　誰に対して？)

正寔は思案した。

定信から、種姫の生い立ちは粗方《あらかた》聞いている。彼女にとって、忘れられない初恋があるとすれば、その相手は即ち、早世した将軍の子・家基に相違ない。

それ故仇討ちの相手は、家基を殺した者、ということになる。

(家基公の死については諸説あると聞いているが……)

実際のその時期、正寔は長崎奉行として現地にいたため、詳しくは知らないが、毒殺説は最有力であった。なんの持病もない十七歳の若者が急死したのだ。誰もがそう思う。

だが問題は、

(誰の仕業《しわざ》かということだ)

定信によく似た種姫の笑顔を、さり気なくながした視線の先に盗み見ながら、正寔は思った。定信と同じく、よく澄んで聡そうな瞳をしているのに、その目はどこか空ろで、この世のものなど何一つ映していないようにも見える。

(家基公の死で、最も得をしたのは、御世子となった一橋家の豊千代殿だ。…だが、六年前には僅か八歳の幼童だった豊千代殿が世嗣に選ばれる可能性は、それほど高くはなかった…筈だ)

どうやら、過去の真実を調べる必要がありそうだ、と知ると、二番目の演目がはじまる前に、正寔は小屋を出ることにした。

出る直前、

「まずいぞ、絹栄、下の枡席に、与力の水嶋とその妻女が来ておる。見つかってはまずいので、俺は先に帰る」

と、絹栄の耳許に囁いた。

「え？ 水嶋様が？ それでは、ご挨拶いたさねば——」

と腰をあげようとする絹栄を、

「馬鹿を言え。水嶋は非番だからよいが、俺は勤めを休んで来ているのだぞ。どの面《つら》さげて、挨拶などできようか」

強引に押し止めた。

「よいか、絹栄、そなたも、二番目を見たら、早々に駕籠で屋敷へ帰るのじゃ」

そして、絹栄には否やを言わせず席を立った。

五

紀州家の屋敷から出て来た黒塗りの忍び駕籠を、正寔は尾行けた。

日没にはまだ早い、申《さる》の上刻である。

気になるのは陸尺の人数で、御三家ならば八人付いていなければならないところ、前後二人ずつで四人しかついていない。しかも彼らは、黒羽織は着ているものの、脇差を帯びていないので、御三家の乗物であることを隠そうとしているのは明らかだった。

その他に、駕籠を護る供《とも》の数は、駕籠の前と後ろにそれぞれ一人ずつついた、二名のみ。たとえ微行《おしのび》だとしても、ちょっと異様なほどの人数の少なさだ。

御三家の当主、或いはそれに次ぐ身分の者が乗っているとは到底思えなかった。藩主の密命を請《う》けた家中の者が乗っているのだと思えば、別に不思議はない。だがそれ

は、

（そう思わせるための擬態だろう）

と、正寔は確信した。

日没にはまだ早いとはいえ、灯ともし頃には違いない。わざわざこんな時刻を選んで外出するのは、なにかよからぬ企てがあってのことだ。まともな用事で出かける者は、もっと早い時刻に出かける。

駕籠は、赤坂御門から出て堀端に沿って溜池《ためいけ》方面に向かい、途中の辻を折れると、建ち並ぶ大名屋敷街に入って行く。

大名の上屋敷は、一軒一軒がそれなりの広さなので、何処へ入られても見失うことはあり得ない。だが、

（六兵衛か新八に言いつければよかった）

正寔は忸ち臍《ほぞ》をかんだ。

忍び駕籠の目的地がそれらの大名屋敷の何処かではなく、屋敷街を抜けていった先だということが、容易《たやす》く予想できたからだ。兎《と》に角《かく》、駕籠を担ぐ陸尺たちの足の速さが、尋常ではない。それは即ち、先を急ぐからにほかなるまい。

先を急ぐ忍び駕籠が、大名・旗本の屋敷街を抜けて外堀の外に出てしまえば、もう

そこは江戸の市井《しせい》だ。

廣小路やらなにやら、盛り場には大勢の者が群がり溢れる八百八町《はっぴゃくやちょう》が広がっている。

それはそれは、気の遠くなる広さなのだ。

そして生憎《あいにく》、六兵衛も新八郎も、正寔に言われて、別の任務に就いている。

(明らかに、人手不足だ。伊賀の里から、もう一人二人、呼ばねばなるまい)

心でぼやきつつも、正寔は一途《いちず》に駕籠を尾行けた。

やがて、本所深川《ふかがわ》を通り抜けた駕籠が、日本橋界隈に軒を連ねる一軒の商家に入っていったとき、正寔はホッとした。

そこが終点だということを、本能的に察したのだ。

(それにしても――)

額に滲む汗を袖口で拭いながら、正寔は思った。

(紀州様の御駕籠が着いた先は……)

紀州家の誰が乗っているのかはわからぬが、紀州屋敷から出て来たことは間違いない。誰が乗っているかが問題ではなく、行き着いたその先が、問題なのだ。

その商家は、数年前江戸に進出してきた大坂《おおさか》の豪商のものにほかならなかった。大坂でも有数の油問屋・筑紫屋。本業の片手間で両替商にも手を出し、大層な利益をあげている。そのことを、偶然に、正寔は知った。

いや、知っていた。

問題は、

(何故紀州様と筑紫屋が結びついたかということだ)

駕籠がその家の中に乗り入れてからもずっと、正寔はそのことを考え続けた。

第五話　仇討ち

一

天明六年三月、柘植正寔は、勘定奉行に任じられた。

寺社奉行、町奉行と並んで評定所を構成する三奉行の一つに数えられる要職だ。定員は四名と定められているが、常時必ず四人の者が職務に就いていなければならないわけではなく、正寔が任じられたこの年、奉行の一人・桑原盛員《くわばらもりかず》は、職務怠慢として出仕を止められ、休職中であった。正寔より少し早く勘定奉行を拝命していた青山成存《あおやまなりのぶ》は、八年間佐渡奉行を務めた後、普請奉行を経ていまに到るあたり、正寔の経歴ともよく似ているが、就任早々体調をくずしたとかで、ずっと勤めを休んでいる。

そして、もう一人の相役が、長崎奉行時代にも相役を勤めたことのある、久世広民《くぜひろたみ》であった。

正寔より二歳年下だが、官吏としては遥かに有能で、長崎奉行の任期を終えるとすぐ、勘定奉行に任じられた。

任期を終えて長崎の地を去る際、彼を慕う町衆たちが、桜馬場《さくらばば》――中には日見峠《ひみとうげ》や矢上宿《やがみしゅく》まで追いかけてきて見送った、というから、尋常な慕われ方ではない。

正寔とて、町衆には人気があったが、さすがに、矢上まで送ってはもらえなかった。型どおり、町名主以下が奉行所の前に居並び、深々と頭を下げて見送ってくれただけである。

(別に、やっかんでいるわけではないが……)

正寔は少々面白くない。

しかし、その功績を考えれば、仕方のないことではあった。

久世広民は、飢饉のために米の価格が高騰し、盗賊や放火が横行した折、近隣の諸侯に依頼して米を廻漕してもらい、米の価格を抑えることに成功したのだ。

正寔が多少町衆に人気があったとすれば、林友直という変わり者の用心棒を従えて異風な姿で街中を練り歩き、傍若無人《ぼうじゃくぶじん》な阿蘭陀《おらんだ》商館長に大鉄槌をくらわせた、という武勇伝故だろう。それ以外、奉行としての功績は、外国輸出向けの陶器生産を促進し、輸出の収益を増やしたことぐらいで、庶民に直接の恩恵があるわけではない。

（やはり、民には恩恵を施さねばならぬ）

正寔は早速、同職では二年先輩の久世広民を訪ねることにした。

御役目の内容など、具体的なことも教わっておきたい。

「これは柘植殿、わざわざご丁寧に――」

非番で屋敷にいた広民は、手土産《てみやげ》を持って挨拶に来た正寔に対して、見せかけではなく、本気で恐縮した。

ともに長崎奉行の時代には、それぞれ江戸詰めと長崎在番を一年ごとに繰り返すため、完全なすれ違いで、殆《ほとん》どまともに顔を合わせたこともない。

江戸に戻ってからも、作事奉行の正寔は、ご城中では芙蓉《ふよう》の間《ま》詰、勘定奉行の広民は辰ノ口《たつのくち》の評定所《ひょうじょうしょ》勤務となるため、依然として顔を合わせる機会はなかった。

久世広民は、正寔が漠然と想像していたとおり、如何にも能吏に相応《ふさわ》しい生真面目《きまじめ》そうな顔つきの男だった。

「勘定奉行の、御役目自体はそれほどのこともございませぬ」

生真面目な中年男は、冗談の一つもはさまず、早速指南をはじめてゆく。

「勘定奉行の御役目の中で、最も肝要なのは、月に三日ある内座寄合《ないざよりあい》に出席することでございます」

「内座寄合?」

「寺社奉行、町奉行、勘定奉行の三奉行が揃って吟味いたします。通常評定所にておこなわれますが、稀に、寺社奉行のお役宅にておこなわれることもございます。…内座寄合にはくれぐれも欠席なされませぬよう」

広民は些《いささ》か強い口調で、念を押すように言った。

「寺社奉行のお役宅にておこなわれる際には、特に――」

「相分かり申した」

恭《うやうや》しく言い、正寔は素直に頷いた。

広民の言葉の、その言外の意を汲めぬほど、鈍感な正寔ではない。

(つまり、寺社奉行の不興は買うな、ということか)

三奉行は、形の上では同列だが、町奉行と勘定奉行が概《おおむ》ね旗本から選出され、老中の下に属しているのと違い、寺社奉行は一万石以上の譜代大名が任命される。明らかに、別格なのだ。評定においては、当然一座を主導する。

故に、寺社奉行に睨まれるということは、勘定奉行の職務を遂行する上でも差し障りがある。広民は、暗にそれを示唆してくれた。

（忝《かたじけ》ない）

正寔は、心の中でだけ広民に頭を下げる。

「あとは、与力・同心に指図をするなど、他の奉行職とそう変わりませぬ」

「左様でござるか」

「ともあれ、そう硬くお考えにならず、困ったことがあれば、なんでもそれがしにご相談くだされ」

「忝ない、久世殿」

「相役にございますれば、ともに力を合わせ、御役目に励みましょうぞ」

「おう、励みましょう」

広民の言葉に促され、正寔は大いに同意した。

手土産に、珍味の干しなまこを持参したというのに酒肴は出されず、茶菓のみにてもてなされたが、そう悪い気はしなかった。広民が下戸《げこ》であるということを正寔が知ったのは、これよりかなり後のことである。

正寔がこのとき知ったのは、久世広民という男の、意外な柔軟さであった。

開明的な思考の持ち主故、正寔同様、田沼意次から愛され重用された。長崎奉行時代には、諸外国の情報を収集し、江戸に持ち帰っていたと聞いている。

大胆で自由闊達な気性の人物を想像していたのだが、どうやら、それだけではないらしい。

よく言えば臨機応変、悪く言えば、上の人間に迎合することも厭わないやり手、ということだ。開明的な老中の下では、より開明的に。そうでない者に対しては、己のその部分は秘めておく。

それができる広民なればこそ、もう二年も、勘定奉行の役を無事に勤めていられるのだろう。

(まあ、悪い男ではないのだろう)

それだけは、確信できた。正寔には、人の欺瞞《ぎまん》を見破る眼力がある。久世広民という男からは、少なくとも詐《いつわ》りの匂いは感じられなかった。

しかし、なんといっても驚いたのは、正寔の後任の作事奉行が、火盗《かとう》の頭《かしら》・横田松房だったことである。

(加役から、いきなり奉行か?)

少し考えて、

(ああ、それで——)

と、正寔は合点した。

以前彼の屋敷を訪ねて歓談した際、

「作事奉行とはどういうお役目ですか」

と松房から聞かれたことを思い出したのである。

「城勤め故、気苦労が多かったりするのではありませんか？」

などと、城勤めのことを気にしていたが、松房は以前、書院番や中奥《なかおく》番士などの城勤めも経験している。

（あの気性では、城勤めには向かぬだろうなぁ）

通常、異動や昇進の際には、事前に内示があり、意に沿わない職であれば、その時点で断ることもできる。正寔に尋ねたということは、松房も多少迷っていたのだろう。

（火盗改《あらため》はあやつの天職のようであったが）

正寔の見る限り、松房は実に生き生きと火盗の役目に励んでいた。仮に異動の内示があったとしても、未だ暫《しばら》く留まりたい、と言って断るのではないか、と思っていた。

結局断らなかったということは、或いは、

（女房殿に泣きつかれたのかもしれんな）

とも、思った。

あのひどい屋敷の臭いには、さすがに耐えられなくなり、自ら異動の願いを出したのかもしれない。

(しかし、火盗のあとが作事奉行とはな。……屋敷のにおいはやがて消えるだろうが、源太郎には少々物足りなかろう。暴走せねばよいのだが)

全力で囚人を拷問したり、自ら先頭に立って刀をふるい、賊を斬ったり捕縛したりしていた火盗改の頭が、いきなりの奉行職——つまり、事務職である。

終日文机の前に座って書類をながめ暮らすような生活に、果たして馴染めるかどうか。

それは、松房本人も不安に感じていた。それ故正寔に訊ねたのだろう。

(それにしても、忠右衛門にはちと気の毒だな)

作事方与力・水嶋忠右衛門の泣きそうな顔を思い出すと、正寔はいまでも、思わず噴き出しそうになる。

厄介な正寔が去り、ホッとひと安堵したところへ、もっと厄介な奉行が来た。正寔とは違う意味で、理不尽な苦労を強いられることになるかもしれない。

(ともあれ、松房の女房殿がそれで歓んでいるなら、めでたいことだ)

めでたい、と言えば、正寔の勘定奉行就任を、誰より歓んだのは絹栄である。

「おめでとうございます」

正式な辞令を受けるため裃《かみしも》を着けて登城した日、絹栄は本当に嬉しそうな顔をして正寔を出迎えた。

勘定奉行に出世したこと以上に、もうこれで、金輪際《こんりんざい》遠国奉行に任じられることはない、ということへの、歓びであった。勘定奉行を務めた者が、佐渡奉行に左遷されるようなことがあるとすれば、余程ひどいヘマをしでかしたときだけだ。正寔に限って、それはあり得ない、と絹栄は信じている。

「ご老中様に、お礼のご挨拶に伺わねばなりませんね」

正寔の着替えを甲斐甲斐《かいがい》しく手伝いながら言った絹栄の瞳にはうっすら涙が滲んでいたほどだ。

それほどに、正寔と離れて暮らすのは、絹栄にとって辛いことだった。健気《けなげ》に家を護ってはいたが、いつも不安で、今度は何処に行ってしまうのだろうと怯えていたのだろう。

「わからぬぞ。更に出世して、次は京都や大坂の町奉行ということもある」

苦笑しながら正寔は言った。

同じ遠国奉行でも、京・大坂は特別な土地だけに、格が違う。勘定奉行を経験したあとでも、任じられる可能性が全くないわけではなかった。

「もし、この先殿様が遠くへ行かれることがありましたら、今度こそ、私もついて行きまする。……清太郎《せいたろう》も既《すで》に元服しておりますし」

いまにもしゃくり上げそうな絹栄の言葉が、くすぐったくて仕方なかった。

老中・田沼意次への挨拶には、本人の希望どおり、絹栄を伴った。

長らく登城していない田沼意次の屋敷を訪ねるのは一年以上ぶりであり、当然気が重かったので、寧《むし》ろ渡りに船であった。

「奥方も、よくまいられたのう」

床に伏せていたのか、白綾《しろあや》の寝間着姿で居間に現れた意次の顔を、だが正寔は正視することができなかった。

「約束が果たせてよかった」

と笑ったその顔は、幽鬼の如く痩せさらばえていた。

(昨年じゅうは、大坂の豪商から御用金を取り立てたり、まだまだやる気を出しておられたようだが……)

その御用金も、結局干拓事業失敗による赤字の穴埋めに使われただけだった。

(人の運というものは、一度《ひとたび》下りはじめると、とどまるところを知らぬようだ)

表猿楽町《おもてさるがくちょう》にある久世広民の屋敷を辞去してから、真っ直ぐ自邸に戻るか、何処かに立ち寄るかを思案しながら、正寔は、外堀通りを、神楽坂《かぐらざか》方面に向かってぼんやり歩いていた。

「殿様」

耳許で不意に囁かれたが、正寔はさほど驚かない。聞き慣れた新八郎の声だったし、忍び寄ってくる彼の足音も、かなり前から聞こえていた。

「どうした？　なにか、変わったことがあったか？」

振り向かず、ただ川端柳の傍《かたわ》らに足を止めて正寔は問うた。

「はい。紅花楼《こうかろう》には、続々と薬込衆《くすりごめしゅう》が集まってきておりますし、筑紫屋のほうには、連日大きな荷が運び込まれております」

「荷の中身は火薬と鉄砲か？」

「未だ確かめておりませんが、おそらく――」

「いつ頃になりそうだ？」

という正寔の言葉に新八郎は答えず、

「そろそろ、忍び込んでみようかと思うのですが」

やや遠慮がちに、切り出した。

「筑紫屋に？」

「はい。そのほうが、より多くの情報を得られるかと思いまして――」

「そうか」

「よろしいでしょうか？」

「ああ、頼む」

「では、今宵、九ツ過ぎに忍び込みます」

「気をつけろよ」

釈迦《しゃか》に説法《せっぽう》、と承知の上で、正寔はつい口走った。

なにしろ、大変な陰謀である。これほどのことを企む以上、敵も死に物狂いであろう。本来ならば、正寔如き身分の者に任される事案ではない。幕府が一丸となってあたらねばならぬほどの一大事なのだ。

「幸い、紀州の薬込役どもは、さほどの腕ではございませぬ」

「そうか」

「数日中には、正確な日どりを確かめられるかと――」

「うん」

正寔は無意識に頷いていた。

(その日は、できれば『内座寄合』とやらには、重ならないでほしいものだ)

という思いが、期せずして胸を過《よぎ》った。

正寔とて、所詮《しょせん》扶持《ふち》取りの武士である。就任早々、内座寄合に欠席し、一座の長である寺社奉行から睨まれることだけは避けたかった。

二

遡《さかのぼ》ること、一年前。

六兵衛の言っていた品川の女郎屋『紅花楼』が、紀州忍びの隠れ家であることは、新八郎の働きによってすぐに知れた。

知れたことで、六兵衛と新八郎には交替で女郎屋を見張らせた。

暫くは、なんの動きもなかった。

いや、正確には、全くなんの動きもなかったわけではない。

毎日、客を装って出入りする怪しい男たちは、どう見ても、六兵衛が追って来たと同じ、紀州薬込役の忍びであった。常住している女郎たちの中にも、紀州薬込役のくの一がいることは明らかだった。

一旦『紅花楼』に登楼《あが》った客は、そこで身なりを変え、何処かへ去って行く。行商人、商家の手代風、浪人者と、その身なりはさまざまだった。

彼らが何処へ行き、何をしているのかを探るには、だが、六兵衛と新八郎の二人だけでは明らかに人手不足であった。

それ故、彼らが一体なにを企み、なにをしようとしているのか、本気で調べるためには、是非とも『紅花楼』の中に潜入する必要がある。

潜入するのは、できれば女が望ましい。女郎として見世に常住するのが理想なのだ。

残念ながら、そんな理想的なくの一は、いまのところ、どこにもいない。近年伊賀の里でも、くの一の数はめっきり減っていた。

「では、それがしが登楼《とうろう》して妓《おんな》を買い、その妓を誑《たら》し込んで味方にする、というのは如何でございましょう？」

新八郎が自ら提案してきたとき、正寔も六兵衛も、ともに仰天し、しばし絶句した。

あの新八郎が、よもやそんなことを口にしようとは夢にも思っていなかったのだ。

だいたい、口にしたからといって、実行できることなのか。

「正気か」

喉元に出かかる言葉を懸命に呑み込んで、

「できるのか？」

正寔は問い返した。

「できるかできぬかではなく、やらねばならぬのではございませぬか？……それができるのは、いまはそれがししかおらぬかと存じます」

表情も変えずに新八郎が答えるのを、なにか異世界の生き物でも見るような気持ちで正寔は見つめた。

（一体なにがあったのだ、新八？）

口に出して問いたい気持ちを堪《こら》えて、

「わかった。ならば、新八に頼もう」

正寔は命じた。

新八郎は、流れ者の遊び人を装って見世に登楼り、最初に敵娼《あいかた》となった妓を見事に誑し込んだ。

紀州薬込役以外の普通の客が来たときには、見世は大抵くの一ではない普通の妓をつける。表向きの商売もちゃんとしていなければ、隠れ家の意味がないからだ。

相手が忍びの女であれば、そう上手《うま》くはいかなかっただろうが、幸い、小蝶《こちょう》という名のその女郎は、ごく普通の娘だった。売られてきてまだ日が浅いようで、なかなか馴染みがつかず、新八郎が二、三度登楼って馴染みになると、小蝶は無邪気に歓んでくれたらしい。

「もしそれがしが盗賊であれば、小蝶を使って、裏口の戸を開けさせることも可能でございます」

例によって、ニコリともせずに、新八郎は言った。その心の闇の深さを思うと、正寔は内心ゾッとする。

ともあれ、新八郎の働きによって判ったのは、「紅花楼」の持ち主が、上方《かみがた》から流れてきた油問屋「筑紫屋」の主人・筑紫屋長五郎《ちょうごろう》である、ということだった。

一年前、紀州屋敷から出て来る忍び駕籠《かご》を尾行《つ》けた正寔が、たまたま筑紫屋に辿り着いたのは、それが判明した数日後のことである。それ故正寔は、筑紫屋の屋号も、それがどういう店なのかも、知っていた。

(そういうことか)

紀州家と「紅花楼」が繋がったということは、これまでに薬込役がみせた一連の不穏な動きは、矢張《やは》り紀州家が裏で糸を引いてのことであろう。

(これは、千載一遇の好機ではないか)

それ故、正寔は、そのとき大いに逡巡した。

忍び駕籠の主が誰かはわからない。

だが、いま筑紫屋に忍び入り、主人と、駕籠の主との密談を盗み聞けば、その正体もわかるし、彼らが何を企んでいるのかも、判明するかもしれない。

（いま、忍び入れば……）

それは、かなり魅力的な誘惑であった。

六兵衛から学んだ忍びの技をもってすれば、不可能ではない。いや、可能な筈だ。

だが、同時に、危険な誘惑でもあった。

（己の歳を考えろ）

もう一人の自分が、厳しく正寔を制していた。律していた、と言ってもいい。

だいたい正寔は、忍び修行こそ積んだものの、実際に他家へ忍び入ったことなど、一度もないのだ。

（無理だ）

それは、正寔自身、よくわかっていた。

だが、魅力的な誘惑のほうが、結局少しだけ恐れに優《まさ》った。

着物の裾を端折《はしょ》り、刀の下げ緒で襷《たすき》がけをして身軽になり、正寔は筑紫屋に忍び入った。

しかし、入ってすぐに、正寔は後悔することになった。

ごく普通の屋敷であれば、外から見れば中の様子もほぼ想像できる。だが、盗賊避《よ》けのためか、裕福な商家の中には、その外観からは想像もつかない数々の細工を施す家もある。

筑紫屋は、まさにそれだった。

屋根裏が、迷路の如く入り組んでいて、なかなか目的の部屋まで行き着けない。

(やはり、予《あらかじ》め絵図面を見ておくことは必要だな)

己が侵入者の立場になってみて、正寔は改めてその重要性を思い知った。

どのような細工を施そうと、絵図面にはそのすべてが記されている。それがなければ、そもそも家が建たないからだ。

(少しずつ、部屋の天井と天井裏をずらしている――)

ほんの数寸――或いは数歩、天井と天井裏がずれているのは、即ち忍び避けだ。わざわざそんな仕掛けを施すのだから、当然堅気《かたぎ》の家ではない。

(俺は、忍びには向いてない……)

天井裏を這いまわりながら、正寔は思った。

こうなればもう、天井の板の節目から漏れる薄明かりを目安に進むしかない。

夜間、商家の家の灯りは、極力おとされる。この時刻なら、朝の早い奉公人たちは既に寝ているだろう。

とすれば、煌々《こうこう》と明かりの灯っている部屋を目指していけばいい。

慣れぬ膝行で進み行くうち、正寔は漸《ようや》く、その部屋の天井裏に行き着いた。

「…………」

一つには、その部屋からのみ、大きく人声が漏れていたということもある。

「ふっははは……」

傍若無人《ぼうじゃくぶじん》な男の笑い声が、正寔を導いてくれた。

「姫は、なにもご存じないのでございましょうか？」

「ああ、姫はなにもご存じないわ」

節目から覗き込むと、広めの座敷の中に、六十がらみの身なりのよい武士と、五十がらみの町人が向かい合って座っていた。町人のほうもなかなか恰幅が好く、おそらくこの家の主人であろう。

武士のほうは、黒綸子《くろりんず》の着物に緞子《どんす》の袴《はかま》という、どう見ても大名家の当主という風情だ。

(紀州公か?)

正寔は懸命に目を凝らす。

顔を見たところで、判りはしないのだが。

(自ら出向いて来るとは、なんと大胆な。……大胆なのは、吉宗公以来のお家柄か)

正寔は内心舌を巻いていた。

「それで、鉄砲・火薬は、いつまでに揃えられる?」

「いますぐ、ということでしたら、阿蘭陀渡りのものを百挺ほど、長崎の蔵に隠してございますが――」

「そんなものでは全然足りぬわ」

「しかし、数を揃えるとなると、それなりにときがかかりまするが」

「だから、いつまでだ」

「どんなに急いでも、半年ほどは……」

「そうか……まあ、仕方あるまい。やるからには、こちらも相応の準備をせねばならぬしな」

不機嫌な口調ながらも、綸子の着物の武士は納得したようだ。筑紫屋の主人が差しかける酒を、注がれるまま、二杯三杯と無言で干した。

（なんだ？　一体なんの話をしているのだ？）

だが聞いているうちに、正寔の両腋からは冷たい汗がしとどに流れ、鼓動が速まる。

（これは、大変な企みなのではないか）

ということが、容易に想像できたからだ。

それからの正寔は、己がどうやって筑紫屋の天井裏から脱出し、屋敷へ帰り着いたのか、よく覚えていない。

狭い天井裏からの脱出は、相当困難を極めた筈で、一旦は屋根の上にあがったものの、足を滑らせて庇《ひさし》の上まで転がった。

そのとき、思いがけず大きな音をたててしまったのだろう。見張りの忍びに見つかって、追われる羽目に陥った。

（そこらじゅう、忍びだらけか）

走って振り切るよりは、さっさと片付けるほうが利口だと判断した。

なんとか斬り伏せたが、尾行《つ》けられては意味がない。尾行けられていないことを確かめるため、結局一刻あまりも彼方此方《あちこち》走りまわってから、払暁《ふつぎょう》近くになって、正寔は漸く屋敷に戻った。

「殿様……」

主人の帰宅の気配に目覚めた絹栄は、ひと目正寔を見るなり絶句した。襷に尻端折りという姿もかなり異様だが、髪から着物から、蜘蛛《くも》の巣と埃《ほこり》まみれで全体的に白っぽく見えるところは異様を通り越し、不気味ですらあった。

屋根から落ちそうになったとき、どうやら軽く左足を捻挫していたようだ。歩行困難となった正寔は、翌日の勤めを休むしかなかった。

「たかが商家に忍び入っただけでそのざまとは、なんと、嘆かわしい」

六兵衛は心底情けなさそうな顔をして言い、

「ただの商家ではないぞ。そこらじゅうに、忍び避けの細工が施されていたし、家の中は忍びだらけだった」

すっかりふて腐れた顔つきと口調で、正寔は言い返した。

「紅花楼の持ち主が筑紫屋である以上、中に忍びがいることは予想できた筈です」

と冷たく言い放ってから、

「何故、我らにお命じになられなかったのです。ご自分で忍び入るなど、無謀すぎます」

すぐに続けて新八郎は言う。

言葉こそ冷たいが、それも正寔の身を案じるが故だ。その気持ちに、嘘はあるまい。それ故正寔は、一層落ち込んだ。

「だが、紀州の忍び駕籠が筑紫屋に入って行ったあのときでなければ、忍び込む意味がないではないか」

正寔は交々《こもごも》と言い返すが、

「紀州公が自ら出向いて一介の商人と密談するなど、そうはないぞ」

その声音は消え入りそうにか細いものだった。

「それでも、我らが筑紫屋を見張ることはできました。見張っていれば、何れ《いず》は現れたかもしれませぬ」

「…………」

案の定、新八郎は身も蓋《ふた》もない正論を述べ、正寔は口を噤《つぐ》むしかなかったが、

「だが、それでは間に合わぬかもしれぬ」

気を取り直して、厳《おごそ》かに言った。

全体、新八郎の身に何が起こった結果、そんな風になっているのか想像もつかないが、正寔はとりあえず、主人の威厳を保っておかねばならない。

新八郎がその暗い目を伏せて気まずげに口を閉ざすのを待ってから、正寔は昨夜筑

紫屋の天井裏で盗み聞いてきた内容を、六兵衛と新八郎に話して聞かせた。

二人は黙って最後まで聞いていたが、やがて聞き終えたとき、ともに血の気の失せた顔になった。

(昨夜の俺の気持ちが、少しはわかったか馬鹿者どもめ)

二人の青ざめた顔を、しばし無言で楽しんでから、

「わかるか？　紀州公は謀反を企てているのだぞ」

正寔は更に追い討ちをかける。

「しかし、そ、それは……」

先に口を開いたのは、案の定六兵衛のほうだった。

「最早、我らだけでどうにかできるものではござらぬぞ、若」

「では、どうしろと言うのだ」

「人を…人を出してもらわねば。越中守様にすべてをお知らせして、御庭番なり、御《ご》家人《けにん》衆なりに加勢してもらわねば――」

「それはできぬ」

だが正寔は、それを言下《げんか》に否定した。

「若！」

「できぬものは、できぬのだ」

有無を言わさず、正寔は言い切った。

確かに、紀州家が関わってきた時点で、正寔一人の力でどうにかできる問題ではなくなっている。

だが、そんなことは、定信とて百も承知していよう。承知した上で、正寔になんとかしろ、と命じて――いや、頼んでいるのだ。

すべては、身内の不祥事を表沙汰にしたくない一心で――。

人手を増やすために加勢を頼めば、話が外に漏れる可能性が高くなる。事を秘密裏におさめるには、秘密を知る者を極力増やさないことが肝要なのだ。

（だから、他の者の力を借りたのでは、越中守様に申し訳がたたぬ）

定信が、正寔に頼んでくることはすべて、極秘裏に片付けて欲しい案件だ。人数を繰り出すことが許されるなら、はじめから正寔には頼るまい。

――長州ならば、なんとかしてくれる。なんとかできる。

そう期待してくれているなら、その期待に応えたいと思うのが人情だ。

「我らだけでやる」

正寔は重ねて宣言した。

六兵衛も新八郎も、それ以上異議を唱えることはなかった。主人の強い決意が漲《みなぎ》る言葉に逆らうべきではないということくらい、二人も重々承知していた。

(まあ、なんとかなるだろう)

一方で、だが正寔は存外簡単に考えている。

たとえば、決行の日の前夜にでも、賊を装って筑紫屋に侵入し、敵の忍びを相手に暴れ回った挙げ句、適当に蔵の中を荒らして立ち去ればよい。

盗っ人が入ったとなれば、町方か火盗かはわからぬが、とにかく役人の捜索が入る。そのとき、家の中から大量の鉄砲や火薬が発見されれば、当然筑紫屋は詮議を受けることになるだろう。

江戸のご府内で、幕府になんの届けも出さず、大量の鉄砲を所有することなど、絶対に許されない。

筑紫屋は厳しい詮議をうけ、紀州公のことを漏らすかもしれないし、漏らさないかもしれないが、そうなると紀州側は気が気ではないだろう。さっさと手を引き、口を拭《ぬぐ》ってしらばくれるのがおちだ。たとえ筑紫屋が、助かりたい一心で紀州公の名を出したとしても、幕府に御三家を罰する気はない。

適当な理由をつけて紀州公を隠居させ、筑紫屋は家財没収の上江戸払いか、最悪で遠島。

おそらくは、定信もその程度で事を済ませたいに違いない。

三

正寔らの探索は、結局その後一年に及んだ。

正寔は勘定奉行に出世し、火盗改の横田松房は作事奉行となった。

その間、紀州の薬込役は続々と紅花楼に到着し、筑紫屋の蔵にも、次々と荷が運び込まれていた。

入鉄砲《いりでっぽう》出女《でおんな》、と言われるとおり、幕府は、江戸に運び込まれる鉄砲には厳しく目を光らせている。老中が発行する鉄砲手形なく関所を通ることは不可能で、関所を通れないとすれば関所破りをするしかない。だが、大量の荷を運ぶために関所を避けて密かに江戸に入ることが果たして可能か。

（大方、多額の賄賂《わいろ》を用いて関所を抜けたのであろうが……）

わからないのは、筑紫屋が、何故そこまで紀州公に協力するか、である。

そもそも筑紫屋は大坂の商人で、紀州とは何の関わりもなかった筈だ。それが何故、紀州と結びつき、大それた謀反に力を貸す気になったのか。

正寔にはそれがよくわからなかった。

風の強い日を選んで市中に火を放ち、爆薬を仕掛けて江戸のまちを大混乱に陥れ、その混乱に乗じて兵を江戸城に進める。

この一年に及ぶ調べで、紀州家当主・徳川治貞の狙いが、だいたいそんなところだろうということはわかった。

将軍家の養女である種姫は、そのための大切な駒だった。

「いまこそ、家基公の仇を討ちましょうぞ」

と種姫を唆《そそのか》し、江戸城大奥への道案内をさせる。種姫は、西の丸に住むお世継ぎの豊千代——家斉こそが、家基の敵と思い込んでいるから、歓《よろこ》んで義父とその兵を導き入れるだろう。

そこまで想像できたとき、正寔は寧ろホッとした。そして、概《おおむ》ね自らの予想を裏切らぬ結果になったことに。

できれば決行の日までに、筑紫屋の真意を探りたかったが、探りきれぬうちに、どうやらその日が来てしまった。

当初から予定していたとおり、正寔は、その夜筑紫屋に押し入ることにした。

「本当に、我ら三人だけで入るのでございますか？」

六兵衛に念を押されるまで、実は正寔は迷っていた。直前まで、

(松房に声をかけてみるか)

本気で迷っていたのである。

慣れぬ城勤めで己を見失っているであろう横田松房であれば、或いは歓んで手を貸してくれるかもしれない。そうなれば、日頃の鬱憤《うつぷん》を晴らすため、大暴れしてくれる筈だ。

だが、彼は、恐怖の拷問具・横田棒で囚人を殺しまくった男である。やりすぎて制御がきかなくなった場合、正寔には松房を抑えられる自信がなかった。

「三人だけでやる」

それ故、強い口調で正寔は宣言した。

「それに、薬込役は、さほどの腕ではないのだろう、新八？」

問い返すと、新八郎は無言で頷いた。

なにか言いたそうな顔つきであるが、正寔はあえて聞き返さなかった。聞き返せば

きっと、

「殿が、足手まといにならなければよいのですが」

と言い返されそうで、恐かったのだ。

ギュン、

ギョン、

ギャン、

ぎゅしッ……

鋼《はがね》の爆《は》ぜる音が、無限に続くかに思われた。

(なにが、たいしたことない、だ)

正寔は心中密かに苦情を漏らす。

実際に筑紫屋に侵入してみると、予想していた以上の数の忍びが、そこにいた。

それ故正寔は、せめて足手まといにならぬよう器用に敵を避け、避けつつ邸内を騒がせるように心がけた。

ただ、家の中の複雑さとは裏腹に、表から中庭に抜け、土蔵に到るまで、庭の造りはいたって単純そのものだった。

それ故、忍び入ってすぐに蔵の扉をぶち破った。

その物音で、邸内にいた多数の忍びが駆けつけてきた。

乱刃《らんじん》となった。

一度に、複数の刃が正寔を襲った。

一方、六兵衛と新八郎の二人は、そんな乱刃の中でも、完璧に己の気配を殺したままで、どんどん敵を斬り進んでゆく。正寔にはその芸当は到底できない。

(仕方なかろう。こちらは忍び働きなど、したこともないのだぞ)

訴えたいが、果たして誰に訴えればよいのか。

わからぬままに、正寔はとにかく闘った。

闘いつつ、六兵衛と新八郎の様子をそれとなく窺う。

凄まじい働きぶりだった。

(これが本当の忍びの技というものか)

正寔は舌を巻くしかなかった。

二人の伊賀者が行くところ、累々《るいるい》と屍《しかばね》の山が築かれるしかないようで、さすがに彼らの腕を恐れた者たちは、競って正寔の前に立ちはだかるようになった。間違いなく、正寔一人が侮《あなど》られている。

（おのれ、馬鹿にしおって……）

侮られた正寔は、内心腹立たしく思うが、仕方ない。

同じ黒装束で押し入って来た三人の中の一人が、まさか現職の勘定奉行だなどとは、敵は夢にも思わないだろう。

ザッ、

気を抜けば、忽ち正面から襲われる。

それを受け止めれば、間髪《かんはつ》を容《い》れず、背後からも斬りつけられることはわかっている。それ故、躱《かわ》しておいて身を翻《ひるがえ》し、背後の敵へ、こちらから逆に斬りつけた。

ザン、

不意を衝かれたその男の忍び刀が高く跳ねあがり、松の枝に突き刺さる。

「なにをしているッ。敵はたったの三人ではないかッ」

筑紫屋の主人・長五郎が縁先から激しく叱咤した。

その途端、新八郎によって斬られた忍びの体が大きく吹っ飛び、長五郎のすぐ足下まで飛ばされてきて悶絶した。

「ぬぐぁ……」

「うわッ」

その形相の凄まじさに、長五郎は忽ち腰《たちま》を抜かす。

そのとき、
ピィーッ……

何処か遠くで、高く鳴る呼子《よぶこ》の音がした。味方に急を知らせ、呼び寄せるための笛だから、一度鳴れば、忽ち他でも夥《おびただ》しく鳴り出す。

(そろそろいいだろう)

捕り方が駆けつけてくるなら、長居は無用だ。

「おい、ひきあげるぞ」

六兵衛と新八郎を促し、頃合いを見て乱刃から逃れ出た。

だが、正寔と二人の忍びは、筑紫屋から出て数歩通りを走り出しかけたところで、つと足を止めることになる。その僅か先に、多数の人の気配が漂っていたのである。

深夜の街路、筑紫屋を出てほんの数町ほど先の路上には、黒装束の者が十数名と、それをぐるりと取り巻くように、およそ、その倍の数の捕り方がいた。

両者睨み合ったまま、だが武装した捕り方たちはジリジリと前進し、間合いを詰めて行く。

捕り方の最前列にいた武士が、やおら、一歩前へと進み出た。

「火付盗賊改方・堀秀隆《ほりひでたか》である。盗賊《大森《おおもり》》の縞次郎《しまじろう》とその一味、神妙に縛《ばく》につけいッ」

松房のあとを継いだ新しい火盗の頭だろう。朗々と名乗りをあげた後、

「者共《ものども》ッ、一人《いちにん》たりとも逃してはならぬぞッ」

部下たちに厳しく下知をした。

「待て」

勢いで戦闘に参加しようとする六兵衛を制して、正寔は辻行灯《つじあんどん》の陰に身を隠した。六兵衛と新八郎は仕方なくそれに倣《なら》う。

辻行灯の陰で成り行きを伺っていると、賊どもは、火盗の与力・同心たちによって見る見る制圧されてゆく。やがて、一人残らず捕縛された。

盗賊側は人数も多く、その気になればもっと反撃できたように見えるが、至極あっさり、あっけないほどの容易さで捕縛された。

それもその筈、

「てめえら、手向かいするんじゃねぇ」

一党の頭《かしら》・《大森》の縞次郎が、厳しく手下に命じていたのだ。

(随分と神妙な盗賊だな)

盗み聞きながら、正寔は無意識に感心していた。

「神妙であるな、縞次郎」

火盗の頭・堀某もそう思ったのだろう。

「何故手向かいいたさなんだ？」

縛られ、跪《ひざまず》いた《大森》の縞次郎に向かって、幾分やわらかい口調で訊ねた。頭巾を取られた縞次郎は、五十がらみで眼光の鋭い、野武士の頭領のような面構えの男だった。

「仇討《あだう》ちでございますれば――」

眉一つ動かさず、野武士の頭領は言う。

「なに、仇討ちだと？」

「昨年お縄になり、鈴ケ森《すずがもり》で磔《はりつけ》になりました《松虫《まつむし》》の陣五郎《じんごろう》の息子に、先年手前の娘を嫁がせました。つまり、陣五郎とは親戚になりました。それ故、仇を討ってやりたいと思いまして」

「筑紫屋に押し入ることが、陣五郎とやらの仇討ちになるのか？」

「盗っ人風情のちっぽけな義理とお笑いになりましょうが、陣五郎と同じように一人の死者も出すことなく、見事に盗みを成し遂げましたならば、火盗の旦那がたの面子《めんつ》は丸潰れ——」

「なんだと！」

「ですから、それが盗っ人にとってはなによりの仇討ちということになるんでございます」

「ううむ、とんでもないことを考えおるものよ」

観念して、淡々と語る縞次郎の言葉を、すっかり毒気を抜かれた顔で、堀秀隆は聞いていた。火盗に来てまだ日が浅いというのに、いきなりこんな異色の賊に出会《でくわ》したのは、不運としか言いようがなかった。

（盗っ人ながら、天晴《あっぱ》れな心意気よのう）

一方正寔は、縞次郎の心意気に感心している。

（いつぞや目撃した盗っ人祝言の花嫁行列は、或はこの縞次郎の娘だったのかもしれぬな）

そう思うと、縞次郎という盗っ人に対して、一抹の申し訳なさすら感じてしまう。今宵火盗改が筑紫屋に駆けつけたのは、正寔らが忍び入り、さんざんに暴れたためだろう。

騒ぎを聞きつけた隣家の者か、或いは見廻りの目明かしか番太あたりが番屋に走り、番屋の番人が火盗の役宅へと急を告げに走ったのだ。新しい火盗の役宅は、たまたまこの近くにあったのかもしれない。よりによって、正寔らと同じ日に筑紫屋に押し入ろうとしていた縞次郎一味は、運が悪いとしか言いようがない。

(だが、俺たちの襲撃が一日遅れていれば、明日には江戸に異変が起こっていたであろうし、或いは一日早かったとすれば、筑紫屋は警戒を厳しくしてしまい、押し入ることが難しくなったかもしれぬ。……どちらにしても、縞次郎の仇討ちは成就せぬ運命だったが)

正寔は自らに言い聞かせると、六兵衛らを促して、そっとその場を離れた。

(本物の盗賊が筑紫屋を狙っていると知っていたら、なにも俺たちが馬鹿な真似をすることもなかったかもしれぬな)

帰る道々、思うともなく、正寔は思った。

《大森》の縞次郎一味が盗みに入って筑紫屋の金蔵を空にすれば、当然町方か火盗が調べに入る。そうすれば、あってはならない大量の鉄砲・火薬が家の中から発見され、筑紫屋は詮議を受け、何《いず》れ紀州家との関係も表沙汰にされたかもしれない。

一方紀州家は、筑紫屋に詮議が入ったと聞けば、もうそれだけで企てを諦めるしかなくなるだろう。

(知っていれば、縞次郎という盗賊に、仇討ちさせてやれたものを――)

そして、縞次郎の仇討ちが成功していれば、いまごろ正寔も、年甲斐もない真似をせずにすんでいただろう。

全力で大立ちまわりを演じたせいで、体のあちこちが軋《きし》むように鈍く痛む。明日には、もっと痛み出すことだろう。


ところが、それから数日後、正寔は意外なことを耳にした。

筑紫屋から発見された鉄砲は僅か五十挺前後にすぎなかった、という。

いや、普通に考えれば五十挺でも充分問題なのだが、なにしろこの一年、筑紫屋は紀州公の求めに応じて、大量の鉄砲・火薬を江戸に持ち込んでいる筈だった。

当然筑紫屋は詮議されたが、

「実は、お得意様に頼まれまして……。雉子《きじ》撃ち用に取り寄せたのでございます」

ぬけぬけと筑紫屋は言い、その得意先の名も容易《たやす》く口にした、と言う。

火盗の伝《つて》からそれを聞いたとき、正寔は当然訝《いぶか》った。

(どういうわけだ?)

連日長崎から大きな荷が届き、筑紫屋の蔵に収められるのを、正寔自身も実際に何度か確認している。

（では、あの荷は一体なんだったのだ？）

疑問は次々と湧き起こる。

そして、忽然と覚る。

（そうか。そういうことだったか――）

筑紫屋には、はじめから紀州治貞の謀反に加担する気などなかったのだ。治貞には適当に調子を合わせ、鉄砲や火薬を提供すると約束して、いいように利用しようとした。いや、もう既に、かなり利用しているのかもしれない。現に、紅花楼にやって来る薬込役を、いいように使っている。

（つまり、筑紫屋の目的は、紀州公とは全く別のところにある、ということだ）

そこまで覚ると、正寔には、筑紫屋の真の目的がなんであるかを考える必要があった。

四

「え、勘定奉行の柘植様が？」

筑紫屋長五郎は当然意外そうな顔をした。

吉原の惣籬《そうまがき》「紫名楼《しめいろう》」で遊興中のことである。

取引相手の接待ではなく、単純に、馴染みの遊女を呼び、芸者を呼び、太鼓を呼び、禿《かむろ》や新造《しんぞう》も交えて馬鹿騒ぎをしている最中だった。

このところ、妙な賊に押し入られたり、そのせいで火盗の詮議をうけたりと、ろくなことがなかった。くさくさした挙げ句の、憂さ晴らしである。

だが、派手に騒いでいるのが『筑紫屋』だと聞きつけて、微行《おしのび》で来ていた勘定奉行の柘植正寔が、これもなにかの縁《えん》なので、是非同席させてほしい、と言っているという。

日頃、御三家の当主を相手にしている筑紫屋だ。勘定奉行ごときに畏れ入りはしない。問題は、たまたま同じ見世に登楼ったというだけで、同席させろ、と言うその図々しさである。

(大方、貧乏旗本のたかりだな)

と長五郎は理解し、露骨にいやな顔をした。

柘植某などという名は、聞いたこともないが、どうせ老中にめいっぱい賄賂を払って勘定奉行の職を手に入れた輩《やから》だろう。名のある豪商の酒席に強引に入り込んで、タダで飲み食いしてやろうという魂胆なのだ。

(貧乏人は吉原へなど来るな!)

忌々《いまいま》しく思うものの、相手は一応直参旗本で、勘定奉行の要職にある者だ。ここで酒をおごり、懇意になっておけば、多少の旨味《うまみ》はあるかもしれないと思い返し、長五郎は正寔を宴席に招くことにした。

「これはこれは、柘植様、お目にかかれて嬉しゅうございます」

満面に営業用の笑みを浮かべて、長五郎は正寔を迎え入れた。

「長門守だ。見知りおけ」

だが正寔は、吐き捨てるようにぞんざいに言うなり、さっさと上座に着こうとする。

その尊大な様子に、長五郎は忽ち鼻白《はなじろ》んだ。

(この、木っ端役人がッ)

だが、心中の苛立ちなどおくびにも出さず、長五郎は作り笑いを続けていたが、正寔はふと一同のほうに視線を投げ、

「皆の者、しばし下がってもらえるか」

ニコリともせずに、言う。

「これより、筑紫屋と、聞かれとうない密談があるのだ。終わったら、また呼ぶ故、

「しばし外してくれ」

敵娼《あいかた》はもとより、芸者に太鼓、囃子《はやし》方たちも皆、黙って座敷を出て行った。こういう席ではよくあることだ。

一同が去り、座敷には静寂が訪れる。

「はて、柘植様、手前にお話とは、一体なんでございましょう?」

長五郎は、内心の不快を作り笑いで誤魔化しつつ、正寔に問うた。

その瞬間、座ろうと腰を下ろしかけていた正寔の姿が、不意に視界から消えた。

(え?)

目を疑った次の瞬間、長五郎は四肢を厳しく拘束され、畳に顔を押しつけられている。

「ぐぇッ」

「声を出すなッ」

正寔は、鋭く命じる。

「な、なにを……」

「声を出すなと言っている」

「つ、柘植様……」

「黙って聞け。それができねば、いますぐ首の骨をへし折るぞ」

正寔の手は長五郎の首の根を抑えつけ、その膝頭は、強く長五郎の背に食い込んでいた。

「どうだ、筑紫屋？　いますぐ息の根を止められたいか？」

凄味のある声で耳許に囁かれ、長五郎は黙るしかなかった。

（なんだ？　一体、なんなんだ？）

長五郎はひたすら混乱する。

何故自分が、初対面の旗本から、いきなりこんな暴行を受けねばならないのか。

たったいま、自分を拘束している勘定奉行を名乗る男が、数日前、自宅に押し入った黒装束の賊の一人だなどとは、長五郎は夢にも思わない。

「貴様が、紀州公と組んでなにをしようとしていたか、儂《わし》はすべて承知しておる。返答次第では、獄門台に送ってやるぞ」

「………………」

長五郎の体が、ビリリと震えた。身に覚えがある証拠だ。

「貴様、大坂で多額の御用金を召し上げられたことで、ご老中を恨んでいたのであろう？」

畳に顔を押しつけられたまま、長五郎は夢中で首を振る。

「それ故、ご老中に意趣返しせんと、江戸に出て来たのであろう。だが、江戸で商売するようになってから、魂胆が変わったな？」

「………」

首を押さえ込んだ手から力が抜け、声を出すことが可能になったが、長五郎は黙っていた。いますぐ息の根を止められるのが恐かったから、というだけではない。

「先のない田沼様に仕返しするよりは、今後己の商売の邪魔になりそうな者を、いまのうちに葬ろうと思ったのだろう」

「そ…そんな……何故手前が、そんなだいそれたことを……」

「殺すぞ、貴様」

言い様、正寔は再び、長五郎の首を強く畳に押しつける。途端に、
ぐふぅッ、
長五郎の口から、呻きとも悲鳴ともつかぬ音声が漏れた。

「貴様がなにを考えているかなど、とっくにお見通しなのだ。何故今宵、儂がこの場に現れたと思うか？」

「………」

「よいか、筑紫屋、今後も江戸で商売したいと思うなら、くだらぬ考えは捨てよ。でないと、いまこの場にて、うぬを成敗するが？」

「お、お助け……」

少し力を緩めて顔をあげさせると、長五郎はすかさず言い募った。

「どうか、お助けくださいませ」

「では、約束するな？」

「は、はいッ、いたします」

「うぬがことは、いつも見張っているからな」

「…………」

「少しでも妙な真似をすれば――」

「い、いたしませぬッ。決してなにも、いたしませぬ」

「誓うか？　破れば殺すぞ」

「誓いますッ。決して誓いは破りませぬ」

「重ねて言うが、次はないぞ」

底低い声音で正寔が耳許に囁くと、長五郎の体はふと弛緩した。どうやら気を失ったようだ。

（他愛ないわ）

長五郎の体を起こして柱に凭《もた》れかからせてから、正寔は悠然と座敷を出た。

これだけ脅しておけば、当分のあいだは大丈夫だろう。

或いは、今度は正寔に牙を剝いてくるかもしれないが、そうなったら、そうなったときのことだ。どうせ、命を狙っている不特定多数に、もう一人加わるだけのことである。

五

「病気養生のため江戸滞在を延長させてほしい、という紀州様の願い出を、お退《しりぞ》けになられたそうですね」

「治貞殿には、国許《くにもと》にて養生していただくことになる」

いつものように茶筅《ちゃせん》をさばきながら言う定信の声音は、心なしか晴れ晴れとしているように聞こえた。

正式な発表はまだ先になるようだが、現在幕府の中では、定信は既に老中といっていい立場にある。

「よろしいのですか?」

「なにがだ?」

「本当に重いご病気のようですぞ。いま、無理をおして長道中などしては、お命にかかわるかもしれません」

「知るか、謀反人の体の心配などしてやる義理はないわ」

するとと定信は忽ち険しい顔になり、激しく舌打ちをした。

「国許で死ねたら、それこそ本望であろう。本来ならば、蟄居《ちっきょ》閉門の上、切腹じゃ、狡賢《ずるがしこ》い古狸《ふるだぬき》めがッ」

そのことを思うと腹が立って仕方ないようで、とり澄ましたいつもの口調からは想像もつかぬほど口汚く罵《ののし》る。

(このお方でも、こんな顔をすることがあるのか)

正寔は内心それを面白がっている。

「できれば、余が老中の座に就く前に、くたばってほしいものじゃ」

「ひどい仰有《おつしゃ》りようですな」

「当たり前だ。相手は謀反人だぞ。……なにが、江戸に火を放ち、その混乱に乗じて城に攻め込む、だ。とんでもないわ。その上、世間知らずの種姫を唆《そそのか》しおって……

もう金輪際、種のそばに近づけぬところへ行ってもらう」

「ですが、お国許で、再び謀反を企てられたら、なんとなされます？」

「それは無理だ。お庭番の目がそこらじゅうに光っておる」

「お庭番はそもそも、紀州の薬込役と一つのものではございませぬか。…越中守様のお屋敷を護っていた者も、紀州に通じていたのではありませぬか？」

「紀州に通じていた者共《ものども》は、皆、処分した」

存外あっさり、定信は言った。

「そちのおかげで、使えぬ御庭番は、もう殆どいなくなった」

「あ、左様でござりましたか」

正寔は忽然と覚った。

「貴方様の真の目的は、御庭番衆の総入れ替えでございましたか」

「…………」

どうやら図星だったようで、定信は気まずげに口を閉ざす。

「有徳院《ゆうとくいん》様の将軍就任以降、紀州家お抱えの忍びである薬込衆は、御庭番として江戸城に入り、代々将軍家やその御連枝《ごれんし》の身辺警護の任に就いております。御庭番衆は世襲制故、その身分も保証されていますが、紀州に残された者たちは、その限りではない。……紀州に残された者たちのあいだには、次第に不満が募っていったのでしょう。そんなとき、将軍家の身近に仕える身分になれば、一挙に人生が変わる、と唆す者があったとしたら……」

「愚かなことだ」

と定信は決めつけるが、正寔はそれを聞き逃さなかった。

「窮した者にとっては、救いの言葉でございます。それがしの手の者が、たまたま和歌山のご城下で見かけた忍びは、ろくでもない小遣い稼ぎをしていたそうでございますから」

「ろくでもない稼ぎ？」

「いえ、それはよいのです。……ともかく、紀州には不遇な薬込役が大勢おるということです。彼らはただ命じられるまま江戸に来て、命じられるまま越中守様のお命を狙ったのでございます」

「奴らに罪はない、と申すか？」

「…………」

「考えてもみよ、長州。不遇だからといって、皆が皆、大それたことを企めば、この世の中は謀反人だらけになるぞ」

「それは──」

さすがに極論過ぎると思うが、正寔は口には出さなかった。

「此度《こたび》は、紀州公と筑紫屋の目的が違っていたために事なきを得たが、もし本当にご府内に大量の鉄砲や火薬が持ち込まれていたら、どうなっていたか」

「…………」

「しかも紀州治貞は、万一事が露見したときの隠れ蓑にしようと、種姫を巻き込んだのだ。なによりも、それが許せぬ」

茶筅をもつ定信の手が、いつしか止まっている。そのことを考えるだけで、激しい怒りを感じてしまうのだろう。

「ところで、筑紫屋の真の目的とは、なんだったのだ？」

「え？」

「多額の御用金を召し上げられたことを恨んで田沼を狙っていたというが、これまでに、田沼家が襲撃されたという報告は聞いておらぬぞ」

「はじめはそのつもりで江戸にまいったのでしょうが、いざ来てみると、田沼様には既に往事の権勢はなく、危険をおかしてまで、わざわざ手を下す必要もないと思ったのでしょう」

「ならば何故、いつまでも紀州と手を組んでいたのじゃ。なんの目的もなく、あのような企みに加担しているなど、危険すぎるではないか」

「それは――」

正寔はしばし言い淀み、そして考え込んだ。

「筑紫屋に狙われていたのは、越中守様でございます」

考えた末に、正寔は真実を口にした。

如何に剛胆な者でも、命を狙われるというのはあまり気持ちのよいものではない。それ故正寔は一瞬間逡巡したのだが、隠すとすればなにか適当な嘘をつかねばならず、それも億劫《おっくう》に思えたのである。

「何故筑紫屋が、余を？」

「越中守様が次のご老中になられるであろうことは、ちょっと考えればわかりまする故」

「老中になりそうだから殺されるというのは、割に合わぬのう」

「越中守様は、筑紫屋にとって、かなり都合の悪い老中になりそうですから」

眉を顰《ひそ》める定信に、涼しい顔で正寔は言い返した。

「では、このまま筑紫屋を野放しにしておけば、今度はまた別の方法で余を狙うのではないか？」

「それは……」

正寔はまた少し考えてから、

「そのときがきたら、またお考えになればよろしいのでは？　紀州から呼び寄せた薬込役たちも、雇い主を失い、散り散りになってしまったようですから」

すらすらと応え、出された茶碗に手を伸ばした。

（あなた様を狙っていた奴の正体は明らかになったのですから、まだしもでしょう。我が家に侵入した賊、本当に紀州の薬込役だったのかどうか……何れにせよ、紀州と袂を分かった筑紫屋には、この先、たいしたことはできますまい）

吉原の《紫名楼》で筑紫屋を脅したことは、定信にはとりあえず黙っていようと決めて、正寔はひと息に茶を飲み干した。いつもはなんとも思わぬ茶の味が、今日は不思議と甘露《かんろ》に感じられた。

※　※　※

「のう、絹栄」

池の鯉《こい》に餌をやりながら、正寔はふと縁先にいる絹栄を顧みた。

「近頃新八郎は、なにやら人が変わったようではないか？」

「はい？」

「新八郎が？　そうでしょうか？」

絹栄は小首を傾げて考え込む。

「いや、近頃というか、この一年くらいのことだが……」

「どう変わったのでしょう？」

「いつも暗い顔をしておる。それに随分と口数も少なくなった気がする」

「それは、そういう年頃だからではないでしょうか」

「そういう年頃とは？」

「江戸に出てまいりました頃は、新八郎もまだ十七かそこらの若輩者でしたが、いまは既に二十歳を過ぎております。多少変わったとしても不思議はございません」

「そうかな？」

今度は正寔が首を傾げる。

新八郎は、日頃は正寔に付き随《したが》っているが、正寔の勤めのあいだは屋敷に戻り、邸内の仕事を手伝う。仕事の指図をするのは絹栄だから、実際には、正寔と過ごすより、絹栄と過ごす時間のほうが長い。それになにより、絹栄は新八郎に、三度の飯を食わせている。食事を与えられるということは、命を保つ上で最も大きな恩である。いわば、母親のようなものだ。母親の前でなら、息子は真実の姿を見せるものなのかもしれない。

「或いは――」

ふと、なにかを思い出した顔で、絹栄は言いかけた。

「なんだ？」

「新八郎から聞いたわけではありませんし、ただの想像なのですが――」

「だから、なんだ？」

「新八郎は、その頃恋をしていたのではないかと――」

「恋を？」

意外すぎる絹栄の答えに驚き、正寔は絶句する。

「まさか……」

「ですから、ただの想像でございます」

絹栄はふと唇の端を弛《ゆる》めて微笑《ほほえ》んだ。

「ですが、人の、本来の気性を変えてしまえるくらい強く心を揺さぶられることがこの世にあるとすれば、それは、深い悲しみか喜びか……」

「その、どちらもだ」

絹栄の言葉の先を引き取って、正寔は断じた。

「そなたも、変わったか？」

そして直ぐ、問い返した。

「え？」

「恋をして、そなたも変わったのか、と聞いている」

「…………」

絹栄は瞬時に言葉を無くし、目を伏せた。両頬から項《うなじ》にかけて、ものの見事に朱に染まっている。

(女房殿をこうまで狼狽《うろた》えさせるとは……何処の誰だか知らぬが、妬《や》けるのう)

正寔の胸にも些かほろ苦いものが満ちたとき、

「そういえば、殿様、長崎から荷が届いております」

ややはしゃいだ声音で絹栄が言った。

「なに、長崎から？」

「送り主は、長崎奉行所だそうでございます。…大きな荷でございますよ」

「そうか。また送ってくれたか。奉行職を去って三年も経つというのに、律儀なことよのう」

言いつつ正寔は無意識に首を捻った。

矢上宿まで見送ってもらうことはなかったが、正寔もまた、皆に慕われていたのだろう。そして、見送りという形式的な謝礼より、葡萄酒《ぶどうしゅ》や、舶来ものの珍味といったような現実的な謝礼のほうを正寔が歓ぶということも、彼らは熟知しているのだろう。

「今宵は、葡萄酒にしようかのう」

「では、肴はごうれんにいたしましょうね」

正寔の言葉に応じて絹栄は言い、直ぐに腰をあげた。《ごうれん》を作るためには、鱧《はも》が要る。旬にはまだ少し早いが、市場へ行けば、よい食材が手に入るだろう。新鮮な鱧を手に入れたら、そのおろし身を、酒、醬油、みりん、刻んだ葱と生姜の中に、しばらく漬け込んでおかねばならない。しっかり味が染みるまで漬け込むにはやや時を要する。充分に漬け込んだ鱧にうどん粉をまぶし、胡麻油で揚げたものが、「ごうれん」だ。葡萄酒によく合う西洋料理は些か手間がかかるが、もとより、その手間を惜しむ絹栄ではない。

「行ってまいります」

ソヨソヨと衣擦れをさせて去る絹栄の背を、正寔は無言で見送った。本当に有難い妻である。その有難い妻との幸せな暮らしを守るためには、もっともっと、気を引き締めねばならない。少なくとも、どこの誰とも知れぬ暗殺者に襲撃されるなど、決して、あってはならぬことなのだ。

（やはり、忍びの数を増やすか……）

思うともなく、正寔は思った。

時代小説
二見時代小説文庫

将軍家《しょうぐんけ》の姫《ひめ》 隠密奉行《おんみつぶぎょう》 柘植長門守《つげながとのかみ》2

著者　藤《ふじ》 水名子《みなこ》

発行所　株式会社 二見書房
東京都千代田区三崎町二‐一八‐一一
電話　〇三‐三五一五‐二三一一［営業］
　　　〇三‐三五一五‐二三一三［編集］
振替　〇〇一七〇‐四‐二六三九

印刷　株式会社 堀内印刷所
製本　株式会社 村上製本所

落丁･乱丁本はお取り替えいたします。
定価は、カバーに表示してあります。

 ISBN978－4－576－17026－8
http://www.futami.co.jp/

隠密奉行 柘植《つげ》長門守《ながとのかみ》 松平定信の懐刀

藤水名子［著］

江戸に戻った柘植長門守は、幕府の俊英・松平定信から密命を託される。伊賀を継ぐ忍び奉行が、幕府にはびこる悪を人知れず闇に葬る！新シリーズ第1弾！

闇《やみ》公方《くぼう》の影 旗本三兄弟 事件帖1

藤水名子［著］

幼くして父を亡くし、母に厳しく育てられた、徒目付組頭の長男・太一郎、用心棒の次男・黎二郎、学問所に通う三男・順三郎。三兄弟が父の死の謎をめぐる悪に挑む！

徒目付《かちめつけ》 密命 旗本三兄弟 事件帖2

藤水名子［著］

徒目付組頭としての長男太一郎の初仕事は、若年寄からの密命！旗本相手の贋作詐欺が横行し、太一郎は、敵をあぶりだそうとするが、逆に襲われてしまい……。

六十万石の罠 旗本三兄弟 事件3

藤水名子［著］

尾行していた吟味役の死に、犯人として追われる太一郎。何者が何故、徒目付を嵌めようとするのか!? お役目一筋が裏目の闇に見えぬ敵を両断できるか！第3弾！

与力・仏《ほとけ》の重蔵 情けの剣

藤水名子［著］

続いて見つかった惨殺死体の身元はかつての盗賊一味だった。鬼より怖い凄腕与力がなぜ〝仏〟と呼ばれる？男の生き様の極北、時代小説に新たなヒーロー登場！

密偵《いぬ》がいる 与力・仏の重蔵2

藤水名子［著］

相次ぐ町娘の突然の失踪…かどわかしか駆け落ちか？手がかりもなく、手詰まりに焦る重蔵の乾坤一擲の勝負の一手！〝仏〟と呼ばれる与力の、悪を決して許さぬ戦い！

二見時代小説文庫

奉行闇討ち　与力・仏の重蔵3

藤水名子［著］

腕利きの用心棒たちと頑丈な錠前にもかかわらず、千両箱を盗み出す〝霞小僧〟にさすがの〝仏〟の重蔵もなす術がなかった。そんな折、町奉行矢部定謙が刺客に襲われ…

修羅《しゅら》の剣　与力・仏の重蔵4

藤水名子［著］

江戸で夜鷹殺しが続く中、重蔵は密偵を囮に下手人を挙げるのだが、その裏にはある陰謀が！　闇に蠢く悪の所業を、心を明かさぬ仏の重蔵の剣が両断する！

鬼神の微笑　与力・仏の重蔵5

藤水名子［著］

大店の主が殺される事件が続く中、戸部重蔵の前に火盗の密偵だと名乗る色気たっぷりの年増女が現れる。商家の主殺しと女密偵の謎を、重蔵は解けるのか!?

枕橋の御前　女剣士 美涼1

藤水名子［著］

島帰りの男を破落戸から救った男装の美剣士・美涼と剣の師であり養父でもある隼人正を襲う、見えない敵の正体は？　小説すばる新人賞受賞作家の新シリーズ！

姫君ご乱行　女剣士 美涼2

藤水名子［著］

三十年前に獄門になったはずの盗賊と同じ通り名の強盗が出没。そこに見え隠れする将軍家ご息女・佳姫の影。隼人正と美涼の正義の剣が時を超えて悪を討つ！

地獄耳1　奥祐筆秘聞

和久田正明［著］

飛脚屋の居候は奥祐筆組頭・烏丸菊次郎の世を忍ぶ仮の姿だった。御家断絶必定の密書を巡る謎の仕掛人の真の目的は？　菊次郎と〝地獄耳〟の仲間たちが悪を討つ！

地獄耳2 金座の紅《べに》
和久田正明［著］
髪の下は丸坊主の町娘の死骸が無住寺で見つかる。下手人を追う地獄耳たちは金座の女番頭に行きつくが、そこには幕府を操る悪が…。地獄耳が悪貨を駆逐する！

剣客大名 柳生俊平《としひら》 将軍の影目付
麻倉一矢［著］
柳生家第六代藩主となった柳生俊平は、八代将軍吉宗から密かに影目付を命じられ、難題に取り組むことに…。実在の大名の痛快な物語！ 新シリーズ第1弾！

赤鬚の乱 剣客大名 柳生俊平2
麻倉一矢［著］
将軍吉宗の命で開設された小石川養生所は、悪徳医師らの巣窟と化し荒みきっていた。将軍の影目付・柳生俊平は盟友二人とともに初代赤鬚を助けて悪党に立ち向かう！

海賊大名 剣客大名 柳生俊平3
麻倉一矢［著］
豊後森藩の久留島光通《くるしまてるみち》、元水軍の荒くれ大名が悪徳米商人と大謀略！ 俊平は一万石同盟の伊予小松藩主らと共に、米価高騰、諸藩借財地獄を陰で操る悪党と対決する！

女弁慶 剣客大名 柳生俊平4
麻倉一矢［著］
十万石の姫ながらタイ捨流免許皆伝の女傑と出会った俊平。姫は藩財政立て直しのため伝統の花火を製造しようとしていたが、花火の硝石を巡って幕閣中枢にな動きが…。

象耳公方《ぞうみみくぼう》 剣客大名 柳生俊平5
麻倉一矢［著］
俊平が伊予小松藩主らと結ぶ一万石同盟に第四の藩主が参加を望んだ。喜連川藩主の茂氏、巨体と大耳で象耳公方と呼ばれる好漢である。折しも伊予松山藩が一揆を扇動し…。